# 爱与平常

一位妈妈的育己书

宁远 著

北京时代华文书局

很多时候,我用一个妈妈的天性去面对孩子,我能给孩子的只有两样东西:爱与平常。寻常里,作为父母是怎样过日子的,每天吃什么,家里是怎么装修的,怎么面对友情、关系等。其他东西需要孩子自己去找。

# 序 做一个过得去的妈妈就好

我认识很多既要工作又要照顾孩子的妈妈，她们总因为陪孩子时间太少而产生焦虑和愧疚。另一方面，上班时牵挂着孩子也无法全心应对眼前的工作。

现代社会强加给女性很多负累，好像我们扮演好所有角色才会获得所谓的幸福。尤其在城市，一个女性要在职场和家庭随时完成身份的完美切换：穿上高跟鞋我们就是往前冲的职场丽人；系起围裙，我们又要做善解人意的妻子。

有一天我们当了妈妈，一整套属于妈妈的标准又来了：你要这样养育孩子，你要那样照顾孩子的情绪，这么做是错的，那么做是缺乏考虑的……处在这些漩涡里，一个"战斗中"的妈妈很难不被影响和裹挟。

如果我们的幸福是被他人（社会）决定的，我们就很难在这个洪流里建立起自我。为了"正确"和"标准"，付出的代价就是，一个又一个妈妈的面目变得模糊。

可是啊，难道不是因为做了妈妈，我们才有可能去完成一个更好的自我吗？孩子的出现应该是一个机会，一个使女人变得更完整的机会。每一位妈妈都应该过一种不被他人（社会）捆绑，也不把自己的未来和希望捆绑在他人（孩子）身上的人生，同时，我们还要肯定个体内在探索的意义，而不是在养育孩子的过程里迷失自我。

"做一个过得去的妈妈就好。"我总是这样劝慰那些希望成为完美妈妈的女性朋友。要心安理得地接受"我是一个不完美的妈妈"的事实。除此之外，还要心安理得地休息，安排独处的时间，热爱这个"热爱自己"的自己。

妈妈有属于自己的时间，在静默和沉思里获得滋养，也才能给孩子、给世界以从容的微笑。是的，这是"一位妈妈的育己书"，我通过书写，在文字里进行对自我的探索和审视，是在很认真地"养育自己"呢。

我和几个同为妈妈的好朋友有一个组织，组织的名字叫"老娘今天不是妈"。我们会定期组织聚会，有时只是一个下午茶，有时一起大吃一顿小龙虾，又或者相约到熟识的小酒馆喝上几杯，兴致来了还要在离家不远的酒店开个房间彻夜长谈。最大的一次活动，是组织了一次为期八天的旅行。总之，活动五花八门，唯一的相同是不带孩子，因为"老娘今天不是妈"呀。

在聚会时，我们还时不时地提醒彼此，聊天中不要提孩子，我们要谈论美、文学、友谊、八卦、喜欢的明星……总之，就像我们还是十多年前那群无所事事的少女。

当然，这所有的交谈，最后都会成为对彼此的支持和滋养，鼓励我们去做一个更好的自己。

成为一个更好的自己不是为了做个好妈妈，而是，做个好妈妈能让我们的生命更完整。如果大家都这么"自私"一点，很多焦虑可能就不会发生了。每个生命都是独立的个体，每个人都只能从自我出发去考虑问题。

不要焦虑，要知道有很多事情可能越是用力越做不好，比如"举止自然"，比如爱一个人。我们太容易把爱当作筹码从而占领情感或道德的高点，以此来入侵他人的生活。放轻松，生活里有太多值得去努力的事物，唯独不需要"努力去爱"。

爱他人不是唯一的道路，我们还可以通过探索一种有美感的生活来成全一个更完善的自己。

那些可以轻易获得的，一抬眼就在眼前的，感官的刺激，炫目的事物早已对我不构成吸引力。需要用心才能体会的细微，读一本有挑战的书，进行有营养的交谈，不为抵达某处而开始的长途跋涉……通过这些，训练一颗不受束缚又有觉知的心，在日常生活里获得滋养，拥有对抗虚无的力量。

每晚照顾好孩子们上床睡觉之后，我就走进书房。这是一天中最享受的时刻，有时候阅读，有时候听音乐，有时候写作。"寂静像雾霭一般袅袅上升、弥漫扩散，风停树静，整个世界松弛地摇晃着躺下来安睡了……"也就是在这样的氛围里，我写下了我与三个孩子的爱与平常。

# 目录

001　序
　　　做一个过得去的妈妈就好

## 第一章　　　　　　　　　　　　　　　　　　*001*
## 一个妈妈的爱与平常

002　以一颗平常心，陪孩子慢慢成长
006　陪伴孩子，成长为更完善的自己
010　孩子是上天派来的使者
014　带孩子去乡下
021　自由生长的生命，有多舒展
026　珍视孩子的每一个现在
030　爱是与孩子的琐碎日常
036　爱是一个动词

## 第二章　　　　　　　　　　　　　　　　　　*041*
## 和我的孩子一起长大

042　面对孩子，我有义务活得更美好
048　相信，是爱的起点

| | |
|---|---|
| 052 | 带上孩子去旅行 |
| 056 | 陪你一起成长 |
| 059 | 过多的选择会好吗 |
| 064 | 每个妈妈都爱自己的宝宝 |
| 079 | 做个旁观者也很好啊 |
| 083 | 面对孩子，我也有无助的时刻 |
| 086 | 被绘本改变的生活 |

### 第三章

# 我们养育孩子，也培养自己

089

| | |
|---|---|
| 090 | 我不是一个完美的妈妈 |
| 095 | 偶尔不做妈妈，做自己 |
| 099 | 爱是底色，稳稳接住的"底" |
| 101 | 努力做一个深深扎进生活的人 |
| 103 | 永恒的同情心 |
| 107 | 没有谁会后悔成为母亲 |

### 第四章

# 我不是天生的妈妈

111

| | |
|---|---|
| 112 | 母亲之姿 |

114 就在那一刻,我决定要孩子了
120 是孩子,让我意识到自我的重要性
126 放松一些,享受做妈妈
131 学会对另一个生命负责
135 三个孩子,魂牵梦绕,山水相依
139 那些为爱付出的代价,是永远难忘的啊
——我的生产日记

## 第五章 147
# 碎日子,不记下来就忘了

## 第六章 167
# 养育问答

181 跋
为另一个生命负起责任,有了盔甲也有了软肋
——最为珍贵是平常

不太懂如何教育孩子，我选择放过自己，放过孩子，也始终相信成长是一个美妙同时又充满自我修正和完善的过程。

# 第一章

## 一个妈妈的爱与平常

> 如果没有"妈妈"这个身份带来的丰富,我怎么可能到今天还活得这么兴致勃勃呢。

## 以一颗平常心，陪孩子慢慢成长

我有三个孩子。

大女儿小练今年十岁，在她四岁那年，春日里的一天，天气晴好，有微风，是我生活的这座城市难得一见的好天气。我们出门玩儿，她穿着我给她做的一条白色蓬蓬公主裙，太阳照在裙摆上，硬挺的空气棉布闪着光。

小练在原地转了个圈，抬头对我说："妈妈，你看我今天穿着裙子出门，太阳就一直照在我的身上。太阳照在我的身上，这说明太阳觉得我很美。"

我看着她一脸幸福的样子，忍不住逗她："那一会儿要是太阳被乌云遮住了，就是太阳觉得你不美喽？"

结果她怎么回答的呢？

"不，太阳如果被乌云遮住了，那说明乌云觉得我很美！"

这么些年过去了，我一直记得她的回答。这些话一排列，就是一首诗：

太阳照在我身上，
这说明太阳觉得我很美。
太阳被乌云遮住了，
那是乌云觉得我很美。

我想这只能是一个孩子才有的思维，也是他们这一代在父母和老师的鼓励赞赏下才有的思维。这种对自我的完全接纳，对世界的全然相信，悄悄地感动着我。

二女儿小素七岁了，前些日子睡前聊天，她突然从被窝里坐起来对我说："妈妈，我不想当女孩子了。"

"为什么？"

"女孩子长大了要生孩子，我不想生孩子。"

"嗯，也不是每个女孩子都必须生孩子啊。"

"可是你都生了三个孩子了。"

我告诉她："妈妈生三个孩子，是妈妈自己的选择，妈妈也喜欢孩子，所以妈妈有了你们三个孩子，你们给我带来了很多快乐。但是，如果你长大了，你觉得你不想生孩子，那你是可以不生孩子的。"

她听完松了口气，我说完这些话也跟着松了口气。在我三十九岁的时候她提出的这个问题，我真心诚意地如实回答了她。换作早几年的我，恐怕不会这样。和孩子一样，一个母亲的成长也是需要时间的。

小姑娘问完没多久就睡着了，我躺在她身边还在想：我希望孩子们的人生由他们自己决定。他们想过什么样的人生，就去过，而我就做那个支持他们的人。

至于老三小披萨，他还是个一岁十个月的小男生，发育比两个姐姐晚很多，基本上还不能用语言进行正常交流。这些天全国人民都把自己关在家里，也因此爸爸妈妈都还喊不利索的小男生说得最流畅的三个字是"出去玩"。

这是我随意截取的与三个孩子相处的片段，在这本书里，有很多这样的对话和细节。同时，在我的叙述里，也可能会有很多碎日子里的困顿。我尽力忠实写下我的无望和焦虑，相信在很多年后，这些心路会呈现它更为珍贵的意义。那个时候的宁远，应该会微笑着对现在的宁远说：好样的啊，你从来没有回避那些艰难的东西。

在今天这样一个时代，环境施加给每位女性的负累，我也很难避免。我不认为要兼顾事业又要带孩子是一件轻松的、只有美好的事情。我更愿意说它是一件特别丰富的事情。丰富，就是有浓度、深度和饱满度。是啊，如果没有"妈妈"这个身份带来的丰富，我怎么可能到今天还活得这么兴致勃勃呢？

这些全部加在一起，才是我和孩子们的爱与平常。

我马上四十岁了，人到中年，但内心越来越轻盈了，不管做什么，都感觉到"随时可以重新开始，也随时可以结束"。

## 陪伴孩子，成长为更完善的自己

一整天的忙碌，回家晚，停车的时候隔着窗户看见弟弟坐在卧室地上玩儿脚丫子，逆光下小胖子的剪影像只憨憨的小熊，我举起手机在窗边晃了晃，他抬头咿咿呀呀朝我挥舞小手臂。

大门这就开了，走过去，闻声而动的两个姐姐穿着睡衣赤脚扑过来吊在我的大腿和脖子上，弟弟也歪歪倒倒地从里屋窜出来，一屁股坐在不远处要抱抱。大姐嫌我回家晚，二姐连声追问买的演出服为什么还没寄到。我一边安抚解释，一边抱起弟弟，他两只手使劲勒紧我脖子（生怕一不留神被放下），勒得我呼吸困难。

我的背包还挎在一只肩膀上，车钥匙捏在手中，手机眼看要从衣服口袋里滑落到地上，鞋子也没机会换，想说话，一张口嗓子痛，才想起几个小时没喝水了。

这是平常的一天，这是一个妈妈的日常，是涌上来的，是甜蜜的负担。

这也是平常的一天：

要带三个孩子去动物园。早晨妹妹在门外喊"妈妈快点"的时候，我正折叠弟弟的推车，要收起来才能放进后备箱。明明卖点是"一键单手收车"的，关键时刻怎么也收不起来了，初冬的天气，穿一件衬衣忙得满头大汗。偏偏弟弟还不想出门，正举着他的塑料挖挖机到处跑，按都按不住。

先把婴儿车推出去再说吧，这么一边想着，一边取车钥匙，咦，车钥匙不见了。玄关处翻箱倒柜找了一遍找不到，快崩溃的时候想起卧室有一把备用钥匙，放下推车和行李回卧室拿备用钥匙，折回来妹妹还在门外不耐烦地吼：快点啊妈妈。

出门看见姐姐拿着明晃晃的车钥匙瞪着我，我说：你拿了钥匙怎么不早说啊？她一边嘟嘴一边说：我出门时说了啊，你忙着收车根本不听我说的。

妹妹还在吼：再不走动物们要睡午觉啦！

一股火从胸口往外冲，到底还是压下去了，走到车子后备箱处，用力继续收婴儿车（以此发泄体内怨气），咦，收起来了。

上车，出发，姐姐妹妹噜啦啦噜啦啦唱着，弟弟也笑得嘎嘎嘎的。他们的坏心情来得快去得也快,就我这个无趣的,不再喜怒于色的大人,手握方向盘两眼直视前方,半天不想说话。

这些日子,也不是多大的麻烦,但拉拉杂杂的小事总把人往低处拖,就好像生活一直在彩排,正式演出永远不会到来。

时常有人讲,我们这一代的妈妈和上一辈不同,不会把自己的一生寄托在孩子身上,所以做起妈妈来更轻松无负担。既要做妈妈又要做自己,既要照顾孩子又想关照自己内心住着的那个永远不会长大的孤独小孩,有多少人能轻松应对?

小时候看到"爱恨情仇"四个字就会两眼放光,看到"苦难"就以为是吃不饱穿不暖,看到"残酷"就浮现一把眼泪一身血汗。事实上,一个人在与庸常日子作斗争,在杂乱细碎的生活泥淖里奔命的同时还能把自己拔起来,太不容易了。假如有一部书"论一位文学青年成了妈妈之后如何在与世俗交战中赢得自我",我一定会买来读一读。

"我们都努力着,向着光的方向。"我一位同是妈妈的好朋友在一篇写我的文字里这样鼓励彼此。这位好朋友和我一样都怀揣着一颗文学少女的心,两年前辞去光鲜的某电视台节目总监的工作,带着六岁调皮捣蛋的儿子旅居在大理,渴望写出一部拿得出手的好作品。我读她这句话的时候竟然有点难过。几年前我也写过类似的一句话：我们都脚踩大地，并随时准备迎接飞翔。当了妈妈之后读起来，心境自然是不同了。因为已经知道，有些话说出来容易，践行它，太难。

但还是要坚持下去呵，毕竟我们都看见那或许微弱或许明亮的光，就在前方。正是在经历这一切庸常，穿越泥泞的过程里，我们才会获得生命的广度和深度。

## 孩子是上天派来的使者

翻到几年前小练上幼儿园时记下的一些文字——

天亮了，小练睁开眼睛，第一句话就是：妈妈，你送我去幼儿园吧。

不要高兴得太早，看她接下来做什么。

她说，我要自己穿衣服。她走到衣柜前翻出一件冬天的外套直接套在睡衣上。我说，这是冬天的衣服，现在不能穿，会很热。她当没听到，光着小脚丫在房间嘚瑟了几圈回到床边。我要自己穿鞋子。她左脚穿上了右边的鞋子，右脚穿上了左边的鞋子。我说：穿错了宝贝。她说，我就要这样穿，就要这样穿。

好吧，就这样穿着鞋子披着外套上完厕所回到房间，外套不见了，不知什么时候已经被她扔在了不知什么地方，好说歹说给她换下睡衣穿上正常的衣服，继续坚持反穿鞋子下楼。

路过楼梯口的衣帽架，上面挂着一顶大红色维吾尔族带长纱巾的帽子，这是爸爸去新疆出差带回的礼物。她顺手一扯纱巾，帽子取下戴上了，衣帽架被放倒在一旁，这就准备出门了。

反穿鞋子的"维吾尔族小妞"和妈妈一起走到小区门口，小妞突然抬起头：妈妈，我的小熊也要去幼儿园。噢，昨天讲睡前故事时答应过她的，要带小熊到幼儿园，我忘记了，她却在这个时候想起了。我说：我们明天再带去好不好？不好，不好，不好，呜呜呜……

好吧，又回家找小熊，同时趁她注意力转移，将鞋子换过来穿好，戴纱巾的帽子悄悄取下，总算一切正常，再次出门。

又到了小区门口，她说：妈妈，我们走这边。那是与幼儿园相反的方向。我说：幼儿园在那边啊。她不听，就要走这边。这回我的耐心用完了，站在那里，很严肃地说：妈妈生气了。她一副委屈的表情，眼泪包在眼眶里：我们走到树林就回来好不好？我心又软下来，知道她已做出让步，那就互相妥协吧，拉着她走进树林东看看西看看再折回来。

到了幼儿园，当然迟到了，已经过了早餐时间，我的工作也耽误了。约好的杂志编辑网络沟通文稿不得不推后，本打算上午去花市的，看来只有明天了（还不知明天她又会如何折腾呢）。

回到家里瘫坐在沙发上，又累又沮丧，连站起来倒水喝的力气都没有。

这是她上幼儿园的第三周，和上一周的拒绝上幼儿园相比，所有发生的这一切已经轻松到忍不住谢天谢地。

世界上最考验耐心的工作大约就是做两三岁孩子的妈妈。面对这个活蹦乱跳的小东西，你总是在和自己的心态做斗争，不断跟自己说：要放轻松，要有好态度，不要愤怒，不要发脾气。

当然，在你的心被失败和气馁填满的时候，这小东西又会拿出她的致命武器来吸引你投入下一次修炼和战斗，她用她的武器告诉你：你只能爱她，宽容她，接纳她，别无选择。

比如刚才，她走进书房，双手捧着一朵从河边摘来的蒲公英，她对着蒲公英轻轻吹气：妈妈你看，白色的花花，会飞哦，送给你吧。她一边说一边把蒲公英放在我的书桌上，眼睛眨巴眨巴望着我，我立刻被这眼神融化了，抱起她狠狠地亲了一口。

我忘记了，就在半小时前她才扯烂了一本书，把牛奶洒了一地，趁我不注意爬上餐桌偷吃了一口刚做好的辣椒酱，辣得自己哇哇大哭。

"当有人希望自己有耐心，你认为上帝是直接赐予他片刻的耐心，还是给他一个培养耐心的机会？当有人企求自己更勇敢，你说上帝是直接给他一时的勇气，还是给他锻炼胆量的机会？又如果你希望和爱人的关系更亲密，你想，上帝是要给你们短暂的温馨，还是给你们一个共渡难关的机会？"

电影 *Bruce Almighty 2* 里，那个上帝派来的使者这样对男主角的妻子说。那个时候，妻子因为不理解丈夫要造一条诺亚方舟的行为而离家出走，最终因为使者的这句话回到了丈夫身边，和丈夫一起造船救人。

孩子也是上天派来的使者，我一点儿也不怀疑他们是带着任务来到这个世界的，他们来到这个世界的任务是：给他们爱的人和爱他们的人一个机会，一个使彼此更完整的机会。

## 带孩子去乡下

想起九年前的自己。

在我生下第一个孩子的时候,我下定决心再也不生第二个了。和大多数初为人母的女性一样,看着眼前这个柔软的小东西,无所适从,满心焦虑,生怕自己哪里做得不好。我买来几十本育儿书,一本一本地读,做笔记,还复习呢——我想给孩子最好的。

同时,因为工作,我每天有大量的时间坐在电脑前。小练刚刚学会爬的时候,经常在我工作的时候爬到我身边来,敲我的键盘,打翻我桌上的水杯。那个时候我的感觉糟糕透了,一方面对工作被打扰感到愤怒,另一方面也对不能多陪孩子感到内疚。我把孩子和我的工作放在了对立面,让这两者互相仇视。

现在回想起来,我那个时候就是对自己不满意,我特别想成为一个完美的妈妈，但是又做不到。这种糟糕的焦虑的状态是如何改变的呢？在孩子一岁多的时候，我带她回了一趟我的老家乡下。

一场大雨，洗落了山村里四处飘荡的尘沙，树叶更绿了，小草钻出来了，路面也变得泥泞。我牵着小练在村子里走，是黄昏，太阳还没落山，有雨后的彩虹。

那些凹凸不平的小路让两岁多的小练不知所措，尽管穿了一双高帮布鞋，她仍然踮起脚尖，一边走一边哀求我抱她。

"妈妈，抱我。"这是她来到乡下的头两天说得最多的四个字。

她还说：地上有蚂蚁，有虫子，有大狗，有稀泥巴，有垃圾……怕怕。

我说：不怕，这里没有垃圾，这些东西都是干净的，我们一起走。她就努力往前走。

第三天，她敢走了，慢慢地，还要故意把脚踩进淤泥，吧嗒吧嗒，溅起来的泥巴打湿了裤脚，她抬起头傻傻地笑。

这场景我曾无数次幻想过。等我有了孩子——很多年前我这样想——我要带着她回到我出生长大的小山村，牵着她的小手走泥巴路，呼吸雨后的空气，听小鸟的叫声，看小草怎样春风吹又生。

我始终觉得，一个孩子，如果没有与真正的大自然融为一体过，将会是一生的遗憾。

又过去两天，她敢一个人在院子里玩很久了，外公家里那只叫仔仔的老狗变成了她形影不离的好朋友，她会趁它不注意扯它的尾巴，会对着它说：你过来嘛，姐姐给你好吃的……她还摘下外公种在露台里的毛豆给我，捡来树枝做玩具，用泥巴搭房子，或者一屁股坐地上捉小蚂蚁，蹲在鸡窝旁看母鸡下蛋……

有一天，我带她去村子边上的小溪，看水牛在水塘里洗澡，水牛从水塘里出来的时候，我试着把她放在牛背上。她一开始紧紧拽住我的手，慢慢地，我感觉到她的小手越来越放松，一边放松一边对我说：妈妈，我不怕。

我们在这样玩儿的时候，村子里的一群小孩子从远处跑了过来。

这是一条田埂路，只能容得下一个人通行，路的两旁是收割完蚕豆的土地，长满了杂草，很多小坑，是牛的脚印，里面装满了雨水。

这些小孩子可不会排着队乖乖地从小路跑过来或走过来，他们手里拿着树枝或别的什么东西，咿咿呀呀地吼着叫着，你追我赶，有人在田埂路上跑，有人从后面追上来在地里跑，有人跑着跑着就跳到另一块地的田埂上，有人张开双臂想象自己在开飞机。跑得最快的那个小孩子年龄大些，六七岁的样子，他最先跑到水塘边，没刹住车，一脚跨进了水塘里，赶快收住，一只鞋子被完全打湿，嘴里下意识地喊了声：遭起了！

有一个小孩子居然还爬上了水塘边的一棵黄桷树，从一个枝丫攀缘到另一个枝丫，像只小猴子。他的手和那些树枝好像是一体的，那树枝给予了他力量，他只是被那力量引导着。或者，就好像那些树枝都长成了他想要"利用"的样子，他选择抓哪一根树枝都是无意识的，就像呼吸一样自然。

这群小孩就这样由远及近，带着肆无忌惮的笑声和尖叫，带着满身的泥土，带着鼻涕和汗水由远及近，像一股热浪把我和小练包围。

这场景我应该不陌生的，小时候我不也这样嘛，可是此时看来，竟然那样惊奇。我看他们从一个田埂跳到另一个田埂，从一根树枝攀到另一根树枝，看他们奔跑得那么从容（像在飞），就好像有什么东西在左右着他们的平衡，他们就是这自然的一部分，像一群小动物，对，就是接近动物的美好的本能。

小练完全呆住了，看得出她多羡慕那些在她看来拥有超能力的小孩，她多想加入他们。

半个月过去，小练在村子里有了好朋友——我家对面的小表妹，她们差不多大。每天小练都拉着我到表妹家串门，很晚才心不甘情不愿地回来。她们一起给小山羊喂草，给小兔子洗澡，当然，也要听我讲故事，这是小表妹最喜欢的环节。

有一天晚上舅舅从城里打来电话，小练接了，舅舅在电话那头问：要不要回来啊？小练说：不回来。舅舅问：为什么呀？小练回答：这儿有大白鹅和表妹。

大白鹅是小练在城里的时候最喜欢的一种小动物，当然她那时候并没有看到"活的"大白鹅。朋友送的绘本《绿池白鹅》是一个很优美的故事，讲小朋友和两只鹅的故事，绘本是水墨画，里面讲到白鹅如何温柔美丽。这下看到真的了，表妹家有三只呢，所以可以想象出她的惊喜。每天这三只大白鹅神态安详地从我们门前走过的时候，她都跟在后面走出好远。

除了鹅和水牛，还有松鼠、大公鸡、猪、小鸭子、小白兔、蚕宝宝……

除了动物们，还有长在树上的桃子、李子，森林里的野花和小蘑菇……

短短一个月，小练慢慢融入了山村的世界，她的胆子更大，双手比过去粗糙，小脸蛋红扑扑的，也可以慢慢保持半飞的状态跟在那一帮小孩子后面屁颠屁颠往前跑了。

两三岁的小孩子，你把她放在一个自由的环境里成长，她去听、去看、去感受，去依靠本能认识事物，我相信这种由感觉产生的对自然和外界的认识会成为她这一生宝贵的经历，也会作用于她今后一生的成长。

"去听、去看、去感受"，说来简单，可是对于城里的孩子来说，要认识大自然几乎是一件奢侈的事。动物们被关进笼子里，草地禁止被踏入，路面是水泥的，花儿长在花台里，蓝天不再蓝，阳光也没山村的那么耀眼，就连吹进城里的风也缺少了野性的气息。

所以，很庆幸，我是个乡下孩子。更庆幸的是，我长大了，还可以带着我的女儿回乡下。

我完全没想到一个城市里生长的孩子和自然之间也会有这么天然的连接。我们在乡下住了一个月。我本来是想为自己解压的，事实上孩子和我都获得了珍贵的体验。事实上，从把孩子带回乡下的第一天，我就彻底放松了，可以说是生孩子以来第一次那么放松。

老家之行让我意识到，孩子其实并不需要一个专业的妈妈，也不需要一个专业的育儿环境，他们需要的是一个"原生态妈妈",需要的是一个尽量尊重天性的成长环境。

我们生活在一个资讯爆炸的时代,每天的生活被大量的信息填满,育儿专家告诉你各种育儿理念,新闻里每天都有负面消息发生,我们去菜市场逛一圈回来都可能收到培训或早教机构的传单,告诉我们不能让孩子输在起跑线上。

你知道吗?当我们不知不觉被这一切裹挟的时候,是很难有一个好的心态面对孩子和自己的。这会引发焦虑,而焦虑带来的结果就是,大家都想做得更多。大多数妈妈其实都做得过多了,一个焦虑的人总希望通过做些什么来获得安宁,但其实孩子不需要那么多。

孩子和我们一样,只有内在安宁才能获得更深的幸福。

## 自由生长的生命，有多舒展

几年前我和小练参加了朋友组织的一个丹麦教育访学。访学的其中一个内容是进入丹麦普通学校，和那里的孩子们一起上学。

刚坐进这间丹麦公立学校学前班教室的时候，小练有点蒙。

老师在提问：今天什么天气？有风吗？有云吗？你穿了几件衣服？知道答案的孩子直接爬到了桌子上，是爬桌子，不是举手。第一个爬上桌子的孩子自然得到回答问题的机会。有个小男孩的一只手臂打着石膏，跳上桌子的时候有些吃力，他咬着牙，鼓起双眼撑住桌子住上蹦。

所有孩子都很兴奋，不光因为爬桌子，当然还因为这两位新来的中国同学。大多数孩子是第一次见到中国人，他们小声对着豆芽、小练说"你好"，这是前一天刚刚学会的中国话。

老师讲课用的丹麦语，表情丰富，加上很多道具展示，豆芽和小练很快进入状态。看起来这是一堂数学课，老师发给大家一张线描图，不同的图案表示不同的数字，学生把图案对应的颜色涂上去——其实根本不是什么课，大家只是在玩一个好玩的游戏。

我注意到孩子们没有课本，去问老师：你们上课是不需要课本的吗？老师说：有课本的，但知道今天会来两位中国新同学，新同学没有课本，所以大家决定都不带课本。

在另一所私立学校，是真的没有课本。早晨八点的欧登塞郊外，学前班在一个看起来像个农场的院子里，今天的学习内容是做饭。风吹着，冷，老师生起篝火，穿很少衣服的孩子们东奔西跑忙忙碌碌，有人运木柴，有人切菜，有人爬上房顶。锅里冒出热气的时候，太阳也出来了，老师停下手里的工作唱起丹麦古老的歌谣，伸出双手召唤孩子们。孩子们听见歌声渐渐聚拢过来，在一棵大树下手拉手站成一个大圆圈齐唱起另一首歌，感谢大自然赐予食物，每个人脸上流淌着平和的气息。

歌声低回婉转，院子外是茫茫原野，李子树的果实落了一地，阳光在云层的缝隙里探出头。这场景很动人，那些调皮的小孩子在歌声的指引下变得安静，像在举行一个真诚的仪式，心里会生出神圣的感情。

Ann的两个孩子是在中国上了几年学才转到丹麦来的,她说孩子最大的变化是到丹麦后变得爱上学了,每天都想早点到学校,放假的时候还会嫌假期太长。"他们在这里的学习看起来就是玩儿。"

看起来是玩儿,事实上并不只是玩儿。霍森斯城市学校的校长讲了一个词"self-driven",翻译成中文应该可以叫作"自我学习驱动力"。"我们很注意保护学生的self-driven,等孩子对表达有需求的时候才教他们读和写,而不是野蛮地把知识灌进他们的大脑里。"

通过自己的经验来促进学习的欲望,学习就变成了一件快乐的事,多么简单的道理。

也是基于这一点,另一所私立学校的孩子们三年级才开始写作课。我说:这会不会太晚了?陪同我们的老师又一次说到了"self-driven"。这一周的写作主题是古希腊,在这之前老师已经讲过很多古希腊的故事,学生们根据老师的故事自由发挥。有趣的是,孩子们不仅仅用文字来写作,有很多还把老师的讲述画成画。随意翻开孩子的作业本,每一本都不一样,旁边的老师提醒我:这不仅仅是孩子们的作业本,也是课本,孩子们自己制作的独一无二的课本，自己写书。

和中国学校一样，丹麦学校也会强调自己的办学特色，他们强调的不是科目优势，比如霍森斯城市学校的特色是对特殊学生的接纳：学校专门有针对特殊学生设置的课程和老师，帮助特殊学生克服自己的障碍，融入社会和集体生活。而欧登塞的私立学校则强调"美"的教育，学校坐落在郊外的田野里，孩子们在自然和艺术的氛围里长大，每一个班级拥有一座小木屋，孩子们自己装饰生活与学习环境。在欧登塞，有一所幼儿园的特色竟然是"森林"，整个幼儿园就建在森林里，建筑被参天大树包围，园子里到处是木头制作的秋千、旧轮胎环绕的沙坑、树屋、种满南瓜和扁豆的菜地……

相对于成绩，Ann说老师们似乎更关注孩子解决问题的能力和他们是否快乐、自信、有安全感。"有一个好身体是第一位的，然后是热爱生活、爱他人、与人相处融洽。"学校几乎没有考试，但孩子们会弹吉他、会木工、能做出可口的饭菜，这些技能总是让孩子得到更多的掌声。在公立学校和私立学校，我们都看见有专门为学生准备的木工房、陶艺吧、厨房，甚至铁匠铺。

我们在丹麦朋友安娜的家里住了两天。安娜家一共四口人，安娜自己在政府部门工作，丈夫是现役军官，还有一双儿女，朝夕相处中能感觉到平等又放松的家庭氛围。每个家庭成员身上那种心满意足的状态特别打动人。有一天晚上聚餐，安娜的几个闺蜜连同她们的丈夫、孩子都来了，加上我们一共二十几个人。这么多人需要照顾，换成是我可能早就忙得晕头转向了，但他们似乎一点也不焦虑，更看不出着急。夫妻俩正常上班下班，回家后慢悠悠准备晚餐，丈夫烤肉，安娜布置餐桌准备甜品。还有半小时客人们就要来了，丈夫停下手里的工作拉上儿子去门口的草地踢球（这是父子俩每天固定的活动），这时候安娜突然想起家附近有个古堡应该带我们去看看，马上发动汽车招呼我们出发，等到我们看完古堡回到家里，客人陆续到了，聚会在轻松随意的气氛里进行……

这样的气氛对孩子的影响是显而易见的，整晚没有熊孩子，大人们在餐厅聊天，孩子们在客厅玩，偶尔有小孩跑过来，是要妈妈帮他吃掉一块面包——原来，客人吃不完主人准备的食物多少有些不礼貌，小孩的盘子空了才走到主人面前说谢谢，把空盘子交给主人。

在这样的学校和家庭环境里成长起来的孩子，究竟有什么共同的东西呢？如果一定要用一个词来形容在丹麦见到的孩子，应该是"舒展"吧，是生命自由生长才会有的舒展。

## 珍视孩子的每一个现在

孩子就是丹麦人的信仰吧。Ann跟我讲两天前的一件小事,她参加住家附近教堂唱诗班的合唱排练,合唱团的团友们站在草地上,远处一个小男孩正在学骑两轮自行车,颤颤巍巍往这边的小道冲过来,所有团员不约而同侧身注视小男孩,小心翼翼地一边鼓掌一边喊加油。小男孩在掌声里坚持了平衡,红着脸喘着粗气开心地笑着。小男孩的父亲在更远的地方大声说谢谢。

"我们谁都不认识父子俩,但所有人都停下手里的工作去鼓励小男孩。这就是丹麦。"Ann这样说。

Ann是成都人,丈夫是丹麦人,结婚十多年,两个孩子,姐姐十岁,妹妹八岁。一家人在丹麦、中国两边跑,直到去年才选择定居在丹麦欧登塞。问她最终选择丹麦的理由,她回答:孩子在丹麦生活,我放松了,身为母亲彻底地放松。

这次丹麦行的主要目的，是前往成都的友好城市丹麦霍森斯考察小学教育，我带上了五岁的女儿小练。到了哥本哈根，Ann给我们找来一位小伙子负责开车，第一天上车，小练就收获了司机Jans送出的一罐糖果。Ann说，这是丹麦人的习惯——大多数司机的口袋里都随时准备一份小礼物，以安抚旅行中的孩子。

在哥本哈根市立博物馆里有这样一句话：丹麦的孩子都有一颗完整平和的心灵，因为他们的童年是真正童话与歌的岁月。如今看来，这当然不仅仅是因为他们有安徒生。

这个国家的人从不说"孩子是祖国的未来"，但你会看到每时每刻每个成年人对孩子的那份细致入微，他们珍视孩子的每一个现在。

我猜要做到这一点，需要类似信仰一样的精神力量。但丹麦人做得如此自然，事实上，他们的成人世界里也保留着那份孩童般的天真，每一位丹麦人都像守护梦想一样守护童年。

去哥本哈根科学实验馆，不知不觉一天的时间就过去了。这里既是课堂又是游乐场，每一个小小的实验都充满了童心和创意，当然还有隐藏在背后的知识。没错，知识都隐藏起来了，通过游戏悄悄进入孩子的身体、头脑和心灵。那么多巧妙的实验（游戏），假如没有一颗孩子般的纯真的心，怎么可能设计得出？

我把这感受发在朋友圈，有国内的朋友对实验馆感兴趣，问是不是有可能在中国做一个类似的，我回答：模式可照搬，精神难复制。

科学实验馆还有一点让我印象深刻：这样一个针对孩子设立的场馆，进来体验的竟然有至少三分之一是成年人，且不管是大人还是小孩，每个人都享受其中。虽然项目众多，体验者不少，但整个现场并不吵闹（没有烦人的熊孩子），大家秩序井然，安静平和，对迎面而来的陌生人都会露出和善的微笑。在乐高主题公园，玩得最开心的也不一定是孩子，工作人员看见身穿公主裙的小练和豆芽会作揖请安，海盗船上镇定自若的孩子看着呼唤呐喊的父母……总之，大人和孩子的界限在丹麦特别模糊。

单纯的人从不缺乏创造力，再加上缓慢悠闲的生活给思考以更大的维度，丹麦的设计创意始终给人耳目一新的感觉——对创新，有孩子般的好奇和一颗快乐的心实在是太重要了。

想起过机场安检通道的时候，我的女儿小练戴了个米奇老鼠的发圈，工作人员脸上笑开了花：Hello, Mickey! 等女儿通过，她又对着我喊：Hello, Mickey's mum!

我望着这灿烂的笑脸愣了神，眼前这位丹麦姑娘，她实在是爱着这份工作，爱着陌生人，并且像孩子一样开心。

愣神中想起一个问题：你在培养谁的孩子？

一个说法是：假如你认为孩子就是你的孩子，那你培养出的就是自己的孩子，假如你认为孩子是家族的孩子，那你培养出的就是家族的孩子。同理，是国家的孩子还是社会的孩子，是人类的孩子还是上帝的孩子……

你在培养谁的孩子？

## 爱是与孩子的琐碎日常

每次在朋友圈晒娃,都会有人留言说这是"骗人生孩子系列"。

孩子确实给我带来巨大的幸福和稳定感。但若有人问关于她自己要不要生孩子的意见,我通常给不出明确的答案。

甚至觉得如果不是特别喜欢小孩,只是为了随大流或迫于压力,或者想用孩子固定某种关系,那还是算了吧。虽说身边当了妈的人,不管出于何种原因要小孩,都没有谁为自己当妈后悔,但放到我自己身上来假想一下:假如可以重新选择,时间退回到二十多岁,我可能不会要孩子。过一种轻盈的人生,应该很不错啊。

## 1

披萨有辆玩具扫路车，用他自己的话来说，和真的扫路车"一模一样的"。每天他要抱着扫路车入睡。晚上洗漱完却怎么也找不到了，几个房间翻了个遍也没有。跟他说，明天再找，他直摇头"不不不"。

他穿着连体睡衣，像只小袋鼠，从一个房间摇摇晃晃到另一个房间，趴地上看床底下，挪开凳子找，打开衣柜门翻，嘴里一直念叨：我的扫路车，睡觉觉。他也不哭，就是停不下来。结果呢，全家人被他的执着打动，陪着一起找，姐姐们找得呵欠连天还是找不到。

我突然想起中午在孩子外公外婆家吃饭，会不会忘在那儿了，赶紧打电话去问，披萨也停止寻找仰起头看着我打电话。外公说他家里没有。我刚要跟披萨说外公家也没有，外公在电话那头说：你就跟他说在我这儿明天送来嘛。啊，外公关键时刻这么聪明！我放下电话复述了一遍外公的意思，披萨听完认真点点头，睡觉去了。

要是明天还找不到扫路车怎么办？全家人都睡下后，我又把家里翻了个遍，还是没找着。深夜十二点，我灵光一现，快步走出家门进车库，扫路车果然躺在车后座，底部朝天，一副无辜的样子。

## 2

在家里窝了一天，傍晚的时候想起网购过一张野餐垫，很上镜的那种。终于有动力招呼孩子们：走，野餐去。

想象中就如卖家展示图：绿树掩映下，野餐垫摆上好看的食物和鲜花。孩子们在不远处嬉笑玩乐，而我戴着耳机躺下来对着有晚霞的天空听音乐，还跷个二郎腿。

事实上带四个孩子、两条狗出门，即使非常努力，也难做到看起来毫不费力（多出来的一个娃一条狗是我弟小喜家的，他和他老婆小鱼过二人世界去了）。

准备好食物已经五点半了，出门的时候七拱八翘，不是狗狗不愿上车，就是哪个孩子哭诉忘带玩具。好不容易可以出发了，又想起买了一个大西瓜没带，西瓜抱上车发现没有水果刀……到了地方跟事先约好的爸妈和文娅汇合，孩子们只想干一件事：河边网鱼。我一直担心小披萨跌倒在水里，野餐垫胡乱铺好赶紧跑河边跟着。披萨倒是没事，没多久小狗憨憨不见了，全体人员开始满世界找狗。

突然想起来今天有网课，还好带了iPad，吆喝两个姐姐停止找狗，就地上网课。憨憨不见了，两个姐姐哪里还有心上课？我只好守在她俩中间装恶人。这时候文娅跑来说狗找不到了,我跟她说先别告诉两个姐姐,上完课再说。

狗最后还是被上完网课的姐姐哭着喊着找到了。带去吃的喝的被大家瓜分完,野餐垫上撒满食物碎屑,收垃圾清理现场用了半小时。回家的时候看见相机还躺在车里,而我满头大汗蓬头垢面,扎在牛仔裤里的白T恤不知啥时候已经全跑出来了,长长地遮住屁股,面前还滴了几滴西瓜汁。

后来贝壳问带四个娃儿两条狗啥感觉,我都没力气告诉她具体情况,只回一句话:反正,也还是过来了。

## 3

妹妹最近在书上读到一个词就忍不住到处用。

天黑了我抱着弟弟牵着她去河边玩儿,走着走着她害怕,抬起头:妈妈,我有一种"不痒之感"。我还没回话呢,弟弟反驳了:痒!弟弟对所有别人说"不"的事情都会反对。姐弟俩就这么不痒,痒,不痒,一路说下去,我根本接不上话。

姐姐和我一起看电影,妹妹在一边看书,突然抬起头:妈妈,我想吃"寸子"。我问什么是"寸子",她说你看嘛,我凑过去,书上写着两个大字:肘子。

我们在孩子外公家吃午饭,一田和妹妹因为什么事闹别扭了,妹妹吼起来:别看你外表光鲜,其实内心很肮脏!

4

下班回家过了饭点,小练主动表示要为我煮碗面。虽然盐放少了,汤加少了,面煮坨了,我还是准备吃得一点儿不剩,毕竟这是养娃儿以来第一次坐享其成。

煮面的时候,她的手背被开水烫红一大块,坐下来一边看我吃一边抹牙膏。我刚吃了两口,她凑过来说:妈妈,我担心你吃不完,我帮你?我说:好。最后我们合力吃完了一碗介于干拌面和汤面之间的红油臊子面。

为表达感谢,我允许她今晚跟我睡,并且想几点睡就几点睡。在她说出"我要玩通宵"之后不到十分钟,轻微的鼾声传来。转头一看,她手里还捏着一本《倚天屠龙记》。

5

出版社让我发一张和三个孩子的合影,可能用作新书封面。这才猛然发现披萨都两岁多了,一张四人合影都没有。

这就招呼仨孩子拍照。太难搞了,抓住这个那个跑,都抓稳了,狗儿跑来叫两声,姐姐赶紧去唤,姐姐抱回狗狗,弟弟要吃他的每日坚果,妹妹趁乱溜到河边喂鱼去了。又一次到处招呼,站好,这下披萨要拉屁屁,见我给他脱裤子,俩姐姐嗖一下消失了……

喜哥拍了几百张,我回家在电脑上一遍遍选,几乎找不到一张所有人情绪在线的。最不满意的是自己,满脸疲惫、油光,一看就是三个娃儿的妈。

## 爱是一个动词

小时候背蒋捷的《听雨》,背了也就背了,意思也都明白了,心想不过如此罢了。前些天猛然在一本书里翻到,一个字一个字在心里默念,念完抬头,呆了半天。那句"一任阶前、点滴到天明"突然就像雨水,每一个字都滴答进了心里。

"少年听雨歌楼上,红烛昏罗帐。壮年听雨客舟中,江阔云低、断雁叫西风。而今听雨僧庐下,鬓已星星也。悲欢离合总无情。一任阶前、点滴到天明。"

有很多东西,只有你翻越了千山万水才能够感知到它。对于孩子何尝不是如此,时间和路程会慢慢给一个生命以成长,让他丰富、深邃和澄明。

小区里有个三岁左右的孩子在骑电动玩具车,还有两三米就到铁门了,他却并没有打算停下或转弯,而是径直向铁门开去,车速不算快。一旁的妈妈大叫:"停下来啊,转弯啊,怎么回事啊!"一边叫一边冲上去抓稳玩具车,拧紧了往一旁拽。拽住了,抱下孩子就开始唠叨:"你怎么回事呢,宝宝?前面有门是要转弯的,或者停下来,不然就撞上去了呀,会撞倒的,会痛的,这样不好,知道了吗?"

妈妈絮絮叨叨还在说,我抬眼望孩子,一脸茫然和无辜。他唠叨的妈妈也很辛苦的样子,这场景要放在电视剧里,潜台词大概就是:当妈妈真不容易。

我却出戏了,心想,要是等孩子撞上去,顶多摔下来哭一场吧,肯定不会伤筋动骨的。要是摔痛了,多好的教训。"读一百本植物学书,抵不上让孩子在自然里走一走。"说的也是这个。

没结婚的时候,我就立下一个志向,这辈子绝不当唠叨的妈妈,如果我希望孩子怎么样,那我就先怎么样,假使我做不到,我也不敢奢望我的孩子可以怎么样。教育不是唠叨,而是做给他看。

每个人能负责的都只有自己的人生,想好这一点,就不会在别人的生命里妄加干涉。我这么想,不是不爱孩子,只是觉得"爱"是一个动词,需要一辈子学习、修炼。

记得有次带小朋友逛商场。到了商场门口"约法一章":不买玩具。孩子们都同意了。

进了商场小素就抱着一大盒塑料玩具要买。我说：讲好了不买的。她不干，抱起玩具一屁股坐地上。我没管她，走了，她继续坐在那儿生气。

我走到乐高玩具柜台，别的孩子都在这里玩乐高，小素也知道我们在这边。我觉得她应该一会儿自己会过来。大约过了十分钟她还没来，我走回刚才她坐下不走的地方，人不见了。

附近找了两圈都没有，我就一边走一边喊"小素，小素"，没人回应。走了一会儿，一个售货员把我叫住，说：你在找孩子吗？我说：是啊。她说：你过来，我们这儿有一个。过去一看，专柜深处，几个售货员围着她，一个商场管理人员也在。她非常淡定，见到我也没表示出特别高兴或委屈（事实上我刚才经过这个专柜时叫了她名字，她肯定听到了）。

售货员说，小素走到他们柜台求助：阿姨，我把妈妈弄丢了。阿姨们紧张起来，就问她叫什么，妈妈叫什么，她都回答了，但是不知道妈妈电话。售货员就叫来管理人员，准备广播，还没广播我就去了。

我领她走的时候服务员再三确认我是不是她妈（我喊的名字和她跟售货员讲的不一样，而且她见到我很平静）。现在想想，如果不发生这个插曲，她自己走过去找我应该会很尴尬（想违规买玩具耍赖不成功），现在自己给自己搭的这个台阶简直太妙了。

我抱起她准备走的时候，商场管理人员教育我：要让孩子记得电话号码哦。小素补刀一句说道："妈妈只给我说过两次，所以我没背下来。"

桑格格在她的新书《不留心，看不见》里有首诗，是这样写的："我看见了你的成长/你生命中/一次次的碰撞/却不能为你做什么/在那么早的时候/我还不能叫醒你。"

我以为这首诗可以送给所有想要变得更好的妈妈。

# 第二章

## 和我的孩子一起长大

从生下她那天起,我们就在共同成长,一个母亲的成长和一个女儿的成长,我把我的命运交给她,和她一起往前走,坦然接受她在我的人生中起到的一切影响。

## 面对孩子，我有义务活得更美好

几年前，一个早晨，两岁的小练在书房外的阳台上玩耍，我听到她突然冒了句完整的话出来："太阳出来了。"在这之前，她只会说出一些词语。我往外看，太阳真的从稀薄的云层里冒出来了，微微的阳光照在树上、房顶上，还有她的身上，她正抬着头对着天空发呆，孩童的认真总是那么动人。

我停下手里的工作，离开书桌走向阳台，和她一起坐在地上抬头看。这城市的天空总是布满阴霾，而今天，有太阳从稀薄的云层里穿过来，我们的衣服上、头发上都布满了一层淡淡的金黄。我又侧身注视着女儿，看阳光下她一头微微有些自然卷的黑发在微风里肆意飞舞，哦，居然有风。她发现我在看她，不好意思地埋下头玩弄手里的晾衣竿了。

我赶紧回书桌写下：

你的出现,

柔软了我看世界的眼神。

那些花呀草呀,

都变得生动起来。

和她去广场上玩,拉着她出门,心里想着此行的目的是去广场,一路催她快走,她却毫不理会,路上有个小石头她能玩上半天,碰到只小狗迎面而来擦肩而过,她转身尾随,好不容易狗狗远去了,她又要妈妈抱着去摸摸邻居家院墙内探出的三角梅。

一开始是催她,因为惯性或条件反射般地催她,说:宝宝快点,不玩了,我们要去广场呢。她根本不理会,在她看来,最大的事儿就是眼前的一花一木,我只好耐着性子陪她玩,玩着玩着竟然发现这些事还真是挺好玩的:小石头圆圆的,长得有意思,还可以变成工具敲打地面发出声音;小狗对女儿很亲热,舌头伸出来的样子好可爱;三角梅红得好浓烈,真美。

又想:既然是为陪她,走到哪里不是一样?为什么一定要去广场呢?谁说行走就一定是为了到达目的地呢?

带她逛超市,上上下下的电梯把她完全吸引,坐上去又坐下来，一遍又一遍绕圈圈，才不管电梯只是一层楼到另一层楼的交通工具。为什么电梯就不能当好玩的东西呢？坐了几遍之后，有些不耐烦的我开始这么问自己。她又要坐，忍住不耐烦，我拉着她先是一脚踩在电梯上，再同时一屁股坐下来，然后在电梯徐徐上升或降落的过程中，一起睁大眼睛看周遭的人和事，等到我们这一级台阶快变成平地时又一下子一起站起来，我尽力用她的眼光和感受去体会坐电梯，这才发现，还真是有意思哦。

如果我们以一颗单纯之心去理解，尝试着从孩子的角度去观察，就会发现，电梯就是一个好玩的东西。去观察、去理解，而不是与她的成长过程作对，我们所需要的，是与孩子的天性合作。

孩子是在通过她的身体感知这个世界，她没有任何经验，没有任何教条，一切反应都是生命最直接的反应，这是多么珍贵的体验。当我去观察、去理解，我惊讶地意识到：生命中最原初的那份快乐和敏感，竟然就这么被唤醒了。

又说回三角梅，最开始，看到盛开的三角梅，女儿总是要求我把花花摘下来，她想要拥有美丽的花儿的愿望非常强烈。我就抱着她来到三角梅前，我说：你看，花花多美呀，让它长在这里吧，我们来摸它吧。她就当真去摸。我说：花花好美，要轻轻地摸呀摸。她就当真轻轻地摸。几次过后，"轻轻地摸三角梅"就变成了她乐于参与的游戏，由此还发展到了轻轻摸花园里的所有植物，摸邻居家的小猫，摸爸爸和外公的胡子。她摸的时候是那么温柔和细致，好像她真的可以与那些事物互动和交流。

这些事情让我意识到，不要通过权威，而要通过美感让她感到什么是对的，让她从心里生长出来对规则的理解，而不是臣服于大人的命令。比如，当孩子乱扔东西时，我首先要做的不是告诉她乱扔东西是不可以的，我会让她认真看看被她弄脏的地面，用我的语言和表情让她明白，地上因为有了脏东西变得不好看了，所以乱扔东西是一个不好的行为。

要让她感觉到在我背后存在的、比我更高级的精神力量，这个精神力量你可以叫它真理，也可以叫它爱，或者美，或者信念，总之，是高于我而存在的。我需要让女儿意识到：真理在妈妈和她头顶的天空上，妈妈只是这个真理的传递者，妈妈不是权威。有了这种认同，我和孩子才能在这个最高真理的指引下往一个方向去。

妈妈不是权威，妈妈也有自己的局限，妈妈也会犯错，但我们头顶天空上的真理一直在那里，爱一直在那里，美一直在那里。

教育的第一步，是做好自己。如果我爱玩手机，我的女儿就整天和我抢手机；如果我爱发脾气，我的女儿就热衷于用极端的情绪表达意愿。相反，我在一旁织毛衣，她就拿出线团坐在我身边绕啊绕；我在做家务，她就会拿着她的小扫帚跟着我比画；我几乎不看电视，她也就对看电视没有特别的渴望。

我希望让她感受到一个乐观、独立的母亲形象，我有什么我就能带给她什么。对于一个母亲来说，快乐而安宁地生活是一种权力，也是一种义务，面对女儿，我有义务活得更美好。

我不记得我的爸爸妈妈童年曾经教给我什么道理，但他们在我心中都有一个恒定的印象：清晨睡意蒙眬中，传来爸爸的哼唱，他正一边唱着歌一边清扫院子，院子里有他刚洒下的水，所以清扫起来能闻到一股淡淡的泥土味。我的妈妈在火边给我烤一只散发着甜香的红薯，火光映红了她的脸庞。这些不经意的美好，形成了我的世界里对劳动、快乐和爱的理解。

所以，就是这样，教育是无形的，教育不是你要教给孩子什么，教育首先必须是：施教者，你在成为什么。

因为女儿的出现，我才逐渐意识到，我过去三十年的生活，有多少是在混沌中度过的，每一天的太阳都是不一样的，生活多么美——而我过去竟然浑然不觉。

秋天的时候，孩子的爸爸从乡下带回一只母鸡养在院子里，一开始，女儿不敢靠近母鸡，她对它充满了好奇，想要亲近，又恐惧，伸出手想摸一摸又赶快缩回来。那之后她每天早晨起床要做的第一件事就是跑到院子里摘菜给母鸡喂食，先是隔得老远把菜叶子扔过去，慢慢和母鸡靠得越来越近，她在用她全部的身体和感觉去亲近母鸡。一段时间过后，他们成了要好的朋友，母鸡见到她就会咯咯咯叫个不停，而她也一遍又一遍地叫它的名字：鸡咯咯，鸡咯咯。有一天，女儿从鸡窝里捡起了一只鸡蛋，她兴奋地捧着鸡蛋往我这边跑过来的一刹那，我突然就看到了二十多年前，那个早上起床捡鸡蛋又不小心打碎了鸡蛋难过得大哭的自己。

女儿是一面镜子，照出来的是另一个被遗忘的自己。生命就是这么不可思议，在我觉得无路可走、人生无趣的时候，上天就给我派来了一个女儿。2009年，太多的喧哗过后，是这个小生命让我拥有了平静的力量。这之后，我的人生又经历了出乎意料的改变，我很多时候觉得自己快要撑不下去了，但是一看到这张天真稚嫩的脸，又好像看到了阳光，为了面前这个小天使，我也必须明白这个道理：快乐是一种能力，要先把自己照亮，才能给他人带来光。

生下女儿那天，我看着那么一个柔软的小东西躺在我身边，竟然就产生了一种从未有过的悲悯，为自己，也为女儿。人生是一次长途跋涉，谢谢上天把这个小东西派来与我同行。

## 相信，是爱的起点

小练两岁的时候喜舅舅问她：狗狗怎么叫的？"汪汪！"又问：猫咪怎么叫的？"喵喵！"再问：那小兔子怎么叫的呢？"小兔子乖乖，把门儿开开……"

因为妈妈讲了图画书里狼的故事，她看到小区里的大狗会指着说：狼。我纠正她：这是狗狗。后来去公园第一次看到马，她又指马为狗，大声喊：大狗狗！

带她回我的老家，高速公路一直向南，穿过一条长长的隧道再见到蓝天时，大山就矗立在面前了，这是她第一次看见山，平原上长大的她兴奋地对着车窗外大喊：哇，好大一坨山。

车子再往前，山坡上有人在骑马放牛，她更兴奋了，她说："妈妈，我不想坐车了，我想坐牛，不，坐马。"

有一回喝牛奶的时候她突然停下问：妈妈，牛奶就是奶牛尿的吗？

她最爱吃冰激凌，可是一个星期只能吃一次。这次是在星期天，从超市回家的路上咬完最后一口蛋卷，她抬起头感叹：妈妈，这个冰激凌真是太好吃了，我差点把舌头都一起吃下去啦。

半夜抱着小练，放下就醒，很生气地哭，眼泪流得满脸都是，小手紧紧抓住我的衣襟，那意思是，你怎么忍心啊。

我知道，这是因为前两晚她在我怀里入睡后我轻轻放她在床上，悄悄离开，她半夜醒来后发现身边躺着的是阿姨。

她怕我再离开，这是让人心痛的不相信。

她对我的依赖、需要和毫无保留的托付，又是让人心痛的信任。我与她相处的时间不是最多，母亲与孩子之间却似乎有天然的亲近。

一个生命与另一个生命之间竟有这般纠缠，每每想到，不能自已，这不能自已中还包括深深的自责。

这自责是：这世界坏掉了，我却带你来。

一年多前她在我肚子里时，抚摸肚子每天跟她讲很多话，临近产期，讲得最多的是：宝宝，你准备好来到这个世界了吗？

如今看来，没准备好的是我——孩子相信我，我却不相信世界。

在一个糟糕的环境里迎接一个小生命需要多大的勇气，所幸，那时的我是那么无畏，现在每天与她一起成长、一起面对世界，在接纳这个柔软的小东西的同时，我也正努力让自己变得坚硬。

每个当妈的，都是这么走过来的吧？

成人世界里，我们已经习惯不相信：空气是污浊的，水是不能随便喝的，蔬菜是不能随便吃的，奶粉是有毒的，面条是可以点燃的，动车是不能坐的，人心是惶惶的，那些大人们说是真的其实就是假的。

而有时候，怀抱着来自孩子百分百的信任，在遭遇那些不相信时，又好像生出了些安慰，这世界，总还有光亮和柔软。

在医院体检，一个科室到另一个科室，排队，检查，脱下衣服又穿上衣服，把身体交给别人，如同把自己交给命运，这感觉相当不好，我知道这也源于深刻的不相信，再好的医疗条件、再明亮的环境也抵挡不住这深刻的不相信。

从医院出来，路边站了二十分钟没打到出租车，坐上一辆迎面开来的"野的"，行至半路雨点落下，师傅靠边停车，说正好路过他家，要回家收衣服，我坐车里等他，不熄火。五分钟后他回来了，我们继续往前走。

有些不可思议，这样的信任，居然又在我毫无准备的情况下发生了。

回到家，带着车上留下的美好感觉拥抱了孩子，拿起一本书——《走进生命花园》，给她念：孩子坐在他的岛上，一边看着这个世界，一边思考……孩子看到了眼泪，他想，应该学习不要害怕亲吻，应该学习说"我爱你"，即使没人对你说这三个字……

## 带上孩子去旅行

从乐高乐园回酒店的路上,我用最后一口气排队给小练买了个冰激凌。丹麦的蓝天白云下,她一头黑发甩来甩去,一边舔冰激凌一边说:妈妈,这个冰激凌好冰哦,但我心里很暖和。

她知道我很累了,我知道她这些话包含着一点内疚。

早上九点出门,一进入乐园姐妹俩就疯了,像两只活泥鳅到处窜。两人喜欢玩的项目不一样,一个人在玩一个项目的时候另一个不愿意等,人山人海怕走丢,我只好在不同项目间跑来跑去。妹妹还要求所有项目必须陪她一起玩,偏偏我胆小如鼠,冲个浪进个鬼屋都害怕得瑟瑟发抖,又累又困还要被惊吓。有几回找不到她们了差点去问有没有广播寻人。幸好乐园没有夜间场,不然真会累哭。

这次带两个孩子的长途旅行,最大感慨是回家要好好锻炼身体。精力不够不仅累,还难看。

旅行第一天化了全套的妆，第二天随便涂抹下口红就出门了，第三天全素颜戴上黑框眼镜遮丑，第四天没洗头只好全程戴帽子……到现在，已经随意得很好意思，很坦然，不管不顾了。同时，"做一位温柔妈妈"的理想也被现实打败，在从一个景点到另一个景点的路上，面对磨磨叽叽的孩子，耐心被消磨殆尽，为母则悍。

乐高乐园里，在各种项目间穿梭的时候，我手上大包小包挂着矿泉水、外套、雨衣、装垃圾的塑料袋、孩子们吃剩的热狗……不仅没力气举起相机，还见着摄影师就躲。

我发现了，只要有两个孩子在（更别说三个了），全身就散发着中年女人气。穿来穿去遇到丸家访学团的同道妈妈们，心想这也算是患难之交了，都见过蓬头垢面的彼此。

中午吃饭的时候，旁边有个两岁左右的丹麦小孩在哭，耍横，在地上打滚，他妈妈一脸平静，低头吃东西，大约十分钟后小孩自己停止哭闹爬起来到妈妈怀里了。我说：大多数中国妈妈孩子一哭就会去哄的。姐姐说：有啥好哄的嘛。我问：那你长大了会是丹麦妈妈这样吗？姐姐回答：首先，我不会生这种爱哭的小孩，太烦人了。

我说：你忘了你小时候也曾经这样哭过，而且你现在也常在我面前不讲理，今天我就懒得说了。就说那天离开科学实验馆的时候，大部队都上车了你还不想出门，我拉你起身，你还吼我。

她说了句对不起，又发了会儿呆，问：那妈妈你说说我为什么在你面前态度就会不好，我对别人就不会这样。

我说：因为别人不会管你迟不迟到，也因为你知道我爱你，即使你吼了我，我还是会爱你，你这叫恃爱行凶。

我说完这句话就后悔了，为什么不先听听她的想法呢。我还是太累了，一个太累的妈妈会失去倾听的耐心，会把好情绪忘掉。

果然，她用不友好但也不失风度的方式回应我，她说：吼你是不太好，但你不是都写了本书叫"真怕你是个乖孩子"吗？

妹妹在一边补了一句：真怕你是个奄奄一息的乖孩子。妹妹最近对成语很有兴趣。

其实姐姐已经很懂事了，只是玩起来会忘乎所以。四年前我俩来丹麦的时候，她在飞机上感冒，下飞机病情加重成中耳炎，我总把她背在背上，这次再来丹麦也是想弥补上次没有尽情玩耍的遗憾。这趟旅行她都九岁多了，鞋码成人三十六，个子长到齐我的耳，英语已经可以应付自如。她也做好了为妈妈分忧的准备，虽然每天都和妹妹发生冲突，但好几次妹妹不想走路，她主动蹲下身让妹妹趴在自己身上。

一天早晨我躺床上，妹妹走进房间来拉开窗帘说：妈妈，天都醒了，你怎么还不醒。

我翻身假装继续睡（其实很早就醒了），眯眼看见姐姐把妹妹堵在卧室门口，小声又严厉地说：别打扰妈妈，她昨晚睡得很晚。你，快去跟小溪和好。

原来小溪一早来我们房间玩，和妹妹发生冲突，妹妹是要来找我处理问题。

妹妹听了姐姐的话不打扰妈妈，但并不准备和小溪和好，欲夺门而出，被姐姐拦住，沉默僵持了一会儿，妹妹再一次试图冲破封锁，失败，继续僵持。几分钟后，妹妹打破沉默说：好吧。姐姐说：好，去跟小溪握个手。（对着客厅）小溪，我妹妹要跟你和好，握个手吧。

小溪在客厅说：好的。姐妹俩这就拉着手去客厅了。

行程尾声，和姐妹俩在酒店晚餐，跟她们碰杯，我说：来来来，庆祝一下旅途圆满。她们却表示很遗憾，她们还想继续。对于孩子来说，妈妈在哪儿家就可以在哪儿。但成年人，物理空间的"家"更重要，习惯了的枕头高度更重要。

想每天坐在电脑前半天，中途倒杯开水慢慢喝，想逛菜市场，想吃工作室食堂餐，想上厕所的时候多坐一会儿，想睡前看本书，想傍晚带披萨出门散步一小时。

想回到秩序中。

## 陪你一起成长

因为出了两本书都和孩子有关，常被人当作育儿专家，这实在是个误会。

只是因为自己是个年轻妈妈，又刚巧是个写作者。

我写作，不是因为我知道得更多，恰恰是我有太多困惑，希望通过写作来梳理自己，希望尽力去明白。换句话说，我写作，是因为不懂。

也常有年轻妈妈说，能不能推荐些育儿书籍给她们。老实说，我读得很少，只在怀孕期间读过一些，那个时期对即将成为妈妈既期待又惶恐，生怕自己做错什么，所以抓到什么都像是救命稻草。而那些书现在看来也确实只起到安慰剂的作用，当然，技术指导类的除外（比如孩子生病了应该如何护理的）。

等到孩子来到这个世界，一切就都释然了。一个女人因为做了妈妈，她体内的"母性"就会被慢慢唤醒，更多时候，我只是用我作为母亲的天性来面对女儿。

曾经写下这段话：我是因为女儿才成为母亲的，我必须明白这一点。我们在漫长的生命之河里分别承担不同的使命，我给了她生命，而她让我成为母亲。从生下她那天起，我们就在共同成长，一个母亲的成长和一个女儿的成长，我把我的命运交给她，和她一起往前走，坦然接受她在我的人生中起到的一切影响。

做母亲会让一个女人从生命和自然的角度去感知世界，这是我以前没有想到的，我想这就是所谓的"接地气"。

对生命有敬畏，怀抱一颗谦卑的心，你就不会狂妄到只想去教育孩子，而不打算被孩子教育。教育一定是双方的。老实说，我觉得我教给女儿的东西太少太少，但从她那儿学到的东西却太多太多。

更多的时候，我这个妈妈只是在陪伴孩子，并且一边陪伴一边偷着乐：呀，我又从这小家伙那儿感知到这个或者那个。是的，我是带着一点点窃喜在注视着孩子，在抓住每一个机会让自己成长。

前天和女儿从幼儿园回家的路上，她看到邻居家院子里探出头的枇杷，枇杷果还是绿色的，女儿问："妈妈，枇杷怎么还不生呀？"

她以为就像妈妈怀宝宝一样，有一天要把宝宝生下来，而树上的枇杷不能吃就是因为还没有生。

昨天她问："妈妈，什么叫五颜六色？"

"很多颜色在一起就叫五颜六色。"

"那为什么不叫五颜七色、六颜八色？"

哦，这可是我从来没想过的问题。这些语言和感觉是多么美妙呀，相对而言，我们这些成年人真是愚不可及。

再回到写作，做了妈妈再回看自己以前写的文字，时常脸红，那些小情小调无病呻吟算什么呀，全都浮在文字表面，不是从身体里长出来的。而如今，以一个母亲的身份写下的文字，尽管难免用情过多，难免不节制，但是每一个字都是从我心里流淌出来的，我愿意写这样的文字，愿意写那些在我还是个文艺女青年时所不屑的小日子。

## 过多的选择会好吗

"练,你最喜欢的颜色是什么呀?"

"妈妈,我喜欢蓝色。"

"那红色和黄色你喜欢哪个颜色呀?"

"蓝色。"

"我是说,要是在红色和黄色中间选一个,哪个是你更喜欢的?"

"不,我喜欢蓝色。"

这段对话发生在小练三岁时,她回答得多好。我听到她的坚持。

执着于一件事情,往深处行才能从中获得生命的广度和深度,这是我过去几十年的人生一直没有意识到的。我总是面临太多的选择,在选择面前一度认为自己是幸运的,为此得意。每一次，当我做一件事遇到困难，当我感觉不爽，就会有另外的选择摆在面前。"她爱好广泛，样样通。"这是不少人给我的正面评价。

可是，过多的选择就会更好吗？

我们都有过那种经历，想好了要买一件大约什么样的衣服，去商场发现这样的衣服太多了，于是进入一家又一家卖场，试了一件又一件。也许你逛了一整天，在疲惫中最后终于挑中了一件，可这件并没有给你带来满足，你只是不情愿地拿走了一件"将就"的衣服，你会沮丧。假设你生活在一个小镇上，这小镇只有一家服装店，这家服装店某天刚好在出售一件这样的衣服，你一定会非常开心。

生活就是由一个又一个选择构成的，有些时候看起来是错误的选择，却支持了你人生的下一段；有时候看来无关紧要的选择，也几乎决定了你将成为什么样的人。

选择过多，并不见得是好事。我们常常会发现，身边那些有力量的人，他们往往并不拥有世俗意义上的优秀，他们有很多毛病，他们没有过多的选择，只是生活选择了他们成为什么样的人，而他们稳稳地接住了这被动的选择，从而开始主动地努力和慢慢地获得。

而对于孩子来说，当选择更少时，似乎才会有安全感，也才会珍惜得到的东西。

我至今记得五岁那年拥有的第一个布娃娃，那是个物质匮乏的年代最美好的礼物，它简单朴素，爸爸将它递到我手中的时候，我感动得快要哭了。我每天把布娃娃带在身上，走到哪里带到哪里，睡觉时也抱着，它陪了我好几年。现在的孩子，他们会有这样长期拥有一个物品并与之建立感情的幸福吗？

"因为我的童年没有得到，所以要让我的孩子拥有。"这是太多父母的共同心愿，所以总想给孩子提供更多的物质、更多的选择，但是，不断地选择并不能让人拥有力量，也不能让孩子幸福。

选择过多，人将面对的不是物质上的精神愉悦，而是欲望，而欲望是填不满的。

心理学家巴里·施瓦兹做过一个试验：将一群孩子随机分成两组画画。第一组孩子可以从三支油性笔中选一支，第二组则可以从二十四支中选一支。当一名不知情的幼儿园绘画老师对作品进行评价时，被列为"最糟"的多是第二组孩子的作品。然后，研究者让孩子选择一支笔作为礼物，孩子选完后，再试着说服他们归还这支笔，换取另外一个礼物，结果第二组孩子放弃起来容易得多。施瓦兹认为，这表明选择更少的孩子不仅更专注于绘画，而且更加容易坚持他们最初得到的东西。

我很少带孩子去逛超市或吃自助餐，家里的每顿饭菜也做得简单（在保证足够的营养搭配前提下）。我觉得她的力量还不足以抗衡那些花花绿绿的物质世界。

在藏传佛教里，活佛的遴选有很多步骤，其中一个是拿一堆物品在有可能是转世灵童的面前，让灵童自选，灵童会在一堆物品中选择那个多半是最不起眼的，那是他的前世旧物，以此确定，他就是他。

我们不是活佛，我们的孩子更不是，我们都是一个又一个的普通人，但是人生的选择与放弃，谁都需要面对。

我们真的了解孩子的需求吗？

她说：妈妈，你给我买一个会唱歌会讲故事会跳舞的娃娃好吗？她这样说的时候，也许她只是想要有人陪她，而一个电子娃娃并不能帮她赶走孤独。

又或者她说：妈妈，我想要一个机器人。也许她只是想要自己更强大，而事实上，机器人不可能代替她成为自己。

从小到大，小练喜欢的玩具依次是：半岁左右拿在手里揉搓撕扯的餐巾纸，一岁时可以敲击地面发出声音的矿泉水瓶，两岁时捏出各种形状的泥巴，三岁时积木。她快四岁时，喜欢玩水，以及每周去河边玩沙。

她去玩沙的时候，我就在远处坐着，她可以一个人玩一上午，在那里建造房子，让小石子扮演小宝宝，摘一朵野花插在房子顶上并且自言自语：太阳出来了……走的时候还要依依不舍和沙子、泥巴说拜拜。她也对商场里那些花样繁多的现代玩具有兴趣，但往往这种兴趣并不能坚持太长的时间，一阵兴奋过后就弃而远之了。

仔细想想，这里面其实有美感、快感和满足感的区别。

只要有足够的耐心陪孩子去自然里走一走，就很容易发现孩子与自然之间那种天然的连接。我们成人千万不要愚蠢到"帮助"孩子断掉这种连接，用商场里那些五花八门的塑料玩具填充起的童年是苍白的。

一个孩子每天生活在五颜六色的塑料玩具里，除了"太满"，还有一点非常可怕：孩子对色彩的敏感度会越来越弱。孩子很可能会认为最美妙的色彩就是游乐中心那些五颜六色的爬爬垫等，这些东西确实比自然的色彩更夺目啊。在这种没有美感没有秩序的世界里待久了，有一天，孩子会不会再也感觉不到天是蓝的、草是绿的、花是红的、梦是粉色的……

## 每个妈妈都爱自己的宝宝

大猫咪生宝宝了。

大猫咪是我家附近一片树林里的一只野猫,我每周都有一两天会和小练去树林里看它。我们通常会带些家里的饭菜放在树林里那个属于野猫们的领地,然后退到一定的距离,过几分钟就会有一只、两只、三只,好多只野猫走过来吃东西。

一开始,它们吃得很紧张,充满戒备,后来慢慢放下武装,放肆地吃。当然,我们还是必须和它们保持距离,一旦超越那个让它们觉得安全的距离,猫们就四散开去。

小练最喜欢猫群中一只灰色的猫咪,这只猫咪几乎每次都会出现在树林的这块空地,它的皮毛是非常好看的灰,尽管是野猫,却一点也显不出脏的样子。它的叫声也很柔和,小练给它取名"大猫咪",因为这只灰色的猫咪在猫群中个子是最大的。

对生命有敬畏，怀抱一颗谦卑的心，你就不会狂妄到只想去教育孩子，而不打算被孩子教育。

对于一个母亲来说，快乐而安宁地生活是一种权利，也是一种义务，面对孩子，我有义务活得更美好。

作为妈妈,我只是妈妈,陪伴在孩子身边的、任何时候可以无条件给出爱的妈妈。

很庆幸,我是个乡下孩子。
更庆幸的是,我长大了,还可以带着我的女儿回乡下。

我特别希望焦虑的妈妈们都能回到常识,回到平常,
不被时代裹挟,做一个放松又坚定的妈妈。

一个女人因为做了妈妈，她体内的"母性"就会被慢慢唤醒，更多时候，我只是用我作为母亲的天性来面对孩子。

我能给孩子的只有两样东西：爱与平常。

教育是无形的，
教育不是你要教给孩子什么，
教育首先必须是：
施教者，
你在成为什么。

慢慢我发现,大猫咪之所以大,是因为它是一只怀孕的猫咪,它的肚子一天比一天大,走路也不像以前那么轻快。有一天,我告诉小练:"大猫咪的肚子里有好几只小猫咪在睡觉呢。"

小练张大了嘴巴:"啊,那小猫咪们什么时候才从大猫咪肚子里面跑出来呀?"

我说:"总有那一天的,小猫咪们越长越大,大到大猫咪的肚子装不下的时候就会跑出来啦(以前她问过,她是怎么从妈妈肚子里出来的,我也这样回答)。"

母亲节的前一天傍晚,我还没进屋,就听见小练朝我大喊:"妈妈,妈妈,快来看呀,小猫咪跑出来啦。"

果然,她双手捧着那个柔软的小东西,像捧着这世间最珍贵的宝物,睁大眼睛抬头望着我,想要我和她一起分享拥有一只小猫咪的快乐。

小东西小得可怜,皮肤上只有细细的一层毛,眼睛却睁得比小练的还大,很不安地看看我,又看看女儿。小东西的毛也是灰色的,毫无疑问,这是大猫咪的宝宝。

原来,早上邻居董爷爷在树林里发现了大猫咪生下的四只小宝宝,大猫咪不在,董爷爷把小猫咪都带回家了,自己留了一只，其余的送给院子里其他人家，知道小练喜欢，就送来了这一只。

小练给小猫取了个可爱的名字：红豆。这是她最喜欢的绘本里一只小狗的名字。

外公用纸盒给红豆做了一个简易的小房子，又给她倒了一碗专门给猫吃的奶放在一边，小练就守着小盒子，开心得不知道做什么好。这是5月，小房子放在客厅外的屋檐下，她和红豆待了两三个小时才依依不舍回到屋内睡觉了。

刚进屋，我们就听到一阵窸窸窣窣的响声。

返身去看，大猫咪来了！

大猫咪的嘴里发出不同于以往的喵喵声，红豆在小房子里应和着那声音。小练也听到了这声音，她紧紧拉着我的手来到小房子前。

大猫咪看到有人出来，丝毫没有要离开的意思，换作以前，与人有这样近的距离是绝不可能的。但是现在，它当着我们的面，跳上了小房子的顶部，一阵翻腾，想要接近它的孩子。

我走过去打开房子的门，大猫咪马上钻了进去，小房子太小，母子俩挤在一起，红豆寻找了一会儿，竟然咬住了妈妈的奶头。

然后，大猫咪和红豆都安静了下来，它们不再喵喵喵，只听见红豆满足的吮吸声。

我也安静了，就好像身体里的哪个开关被打开了，毛孔张开，装满了温柔的感情。眼前这画面多熟悉啊，小练几个月大的时候，我们也这样。

小练抓着我的那只手却捏得更紧了，她先是和我一起看着面前这对母子，过一会儿突然问："妈妈，大猫咪会把红豆带走吗？不能让它走，不能让它走。"

"宝宝，大猫咪想它的宝宝了哦，就像妈妈想你一样。"

"不不不，不能让红豆走！"她哭了。

"大猫咪只是来给宝宝喂奶吧，喂完就会走的吧。"

这句话刚说完，就看见喂完奶的大猫咪用嘴叼起红豆，它准备带孩子离开。

"不，那是我的红豆，不许走！"小练号啕大哭。

外公听到哭声跑了出来，他跺脚吓唬大猫咪，大猫咪几乎是本能反应，放下了红豆，但还是站在原地，没有要走的意思。这个时候的大猫咪，嘴里发出的声音是颤抖的，恐惧中又带着挑衅。外公把红豆放回小房子里，封好上面的盖子进屋去了。临走时留下句话：这样也好，每天来喂点奶，小猫长得好些。

小练还在哭,大猫咪趴在小房子外,继续叫着。隔壁董爷爷听到了,出来对着我家喊:"猫儿很有灵性,刚才在我家喂完了我们这一只,又找到你家去了呀。平时只敢躲在树林里,当了妈胆子大得很哦。"

我怀里抱着小练,心里乱糟糟的,一边安慰她一边拉着她进屋,她却仍然不放心,问我:小房子会不会被大猫咪弄坏了。我说:不会的。

大猫咪还在门外,我心里还是乱糟糟的。

我想,应该跟小练好好谈谈,我把她拉到她的房间,换好睡衣坐在床上,跟她谈话。我说:"宝宝,妈妈爱不爱你?"

"爱。"

"那大猫咪爱不爱红豆?"

不回答,哭。

"大猫咪是红豆的妈妈,她很爱红豆,她想和红豆在一起是不是?"

不回答,继续哭。

"红豆想跟大猫咪在一起,就像宝宝喜欢跟妈妈在一起,是不是?"

不回答,继续哭,但是哭声小了些。

我换个方式："宝宝是不是非常喜欢红豆？"

哭着回答："是。"

"你喜欢的红豆要是找不到妈妈会难过的。"

不说话，继续哭。

不忍心再说什么了，对于一个三岁多的小女孩来说，这些问题是不是太重了，我想。爱的丰富和复杂，她理解起来并不容易。

给她讲绘本故事，一边讲一边向她保证，红豆还在小房子里，她终于很不情愿地睡着了。

我也该睡了，可是心里还是乱糟糟的。起身，下楼，出门，大猫咪不见了。也许她去找另外两个孩子去了，找到了吗？如果找到了，它是不是又要面临刚才的一幕，如果没找到，它会不会再回来？如果再回来，还是只能隔着小房子听到宝宝的叫声，它该有多难过？

想到这里，我打开了小房子上面的盖子，然后，心里乱糟糟地，也躺下睡了。

第二天一早，小练比我先醒来，她似乎是有预感，迟迟不愿起床出门，好像知道只要出了门，就得去面对什么。

我牵着她来到门外，红豆果然不见了。她注视着没有盖子的小房子,沉默了几秒钟,抬起头很悲哀地说:妈妈,红豆和它妈妈走了。

奇怪的是,她再也没有大哭,她只是说:我会想红豆的。我之前准备好要跟她讲的话全都讲不成也不用讲了,我本来想告诉她:妈妈很爱自己的宝宝,所以看到别的妈妈不能跟宝宝在一起就很难过,所以昨天晚上打开了盖子……

什么都不用讲了,她好像一夜之间长大了许多。我想我低估了面前这个小女孩,昨天夜晚她看到的一切,其实已经在她心里产生了影响。生活的真相,爱的本质,成长的阵痛,所有这一切,悄悄地,又实实在在地从这个小女孩心里经过。

是的,她再也没有大哭,我却悄悄流泪了。

## 做个旁观者也很好啊

幼儿园儿童节文艺表演，小练戴着一朵大花第一个出场。注视着她低着头走到舞台中间，我好惊讶，以为她是主演呢。音乐响起，她就站在那里一动不动，昆虫啊微风啊从她身边经过，在她旁边发生故事，而她，一直到节目结束也一动不动……每个小朋友都要上台的，而她只是演一朵花。

但她演得多么投入和认真呀。

文艺表演结束，亲子游园活动开始，我带着小练赶到的时候操场上已经挤满了家长和孩子。

领到一张卡片，在卡片上盖满八个章就可以得到今天最大的礼物，操场上有八个游戏点，做完一个游戏就能盖上一个章。

家长们带着孩子在各个游戏间穿梭，"快点快点，加油加油"，周围全是这声音。身边穿过一位老人拖着两三岁的孙子，老人走得快，孩子摔了一跤，老人干脆抱起孩子就往远处跑，远处是投篮的游戏，投进五个小球进一个篮子里可以盖一个章。

这场面太熟悉了，我小时候也在学校玩过，赶紧不假思索拉着小练也跟着老人跑。

小练使劲拽着我的手站在原地不动。

"哦，为什么不想去呢？"

"就不去。"

"那我们玩别的游戏好不好？"

"不，都不玩儿。"

大约是来晚了有些不适应？或者从来没经历过这么热闹的场面，有点不习惯？准备像那个老人一样抱起孩子融入人群，低下头却看到小家伙执拗的眼神，心一下子柔软了，索性盘腿坐在操场边上揽她入怀，她就睁大眼睛看那些跑来跑去的家长和孩子。

有小练班上的同学看到我们，跑过来，身边的家长说："还不快去做游戏呀，我们都盖了五个章喽。"说完家长拖着孩子离开了。

小练的老师也来说："练练，快来玩游戏哦，好有意思的。"

小练始终坐着不动。

我不催她，就这么坐着，和她一起看，慢慢觉得其实坐在这里当个旁观者也很好啊。

半小时过去了,操场上的人少了些,小练指着已经空了的一处游戏点:我们去那里。

那里是"钓鱼"的游戏,盆子里放着很多纸做的鱼,每条鱼的嘴上有一个金属别针,小朋友会领到一根钓竿,钓竿的钓线上有一小块磁铁。钓到五条鱼就可以盖章了,这是个简单的游戏。所以小朋友们很快完成任务离开了。

小练很快钓起五条鱼,我把卡片给老师盖了章,说:"小练,我们去下一个游戏吧。"

"不去,鱼还没钓完呢。"

噢,可不是嘛,盆子里还有好多鱼。

我就坐一边看着她一条一条地钓起盆里的鱼,小姑娘好专注,钓起一条开心地朝我笑笑,又低下头继续。

等到盆子里的鱼全部钓完,我们抬起头,操场上已经没什么人了,天气冷,大家盖完八个章领完奖品都挤进了大厅。

捏着只盖了一个章的卡片拉着小练往大厅走,她又在一个地方停住了。这里是采蘑菇的游戏,地上很多纸蘑菇,一旁放了几个篮子,负责组织这个游戏的老师已经走了。小练抬头说:妈妈,我要捡蘑菇。

好吧，我蹲下来狠狠地亲了一口这张冻得红扑扑的小脸，和她一起捡蘑菇。

好多蘑菇，寒风中一个一个地捡，捡完所有的蘑菇，我们成了最后一对离开学校的母女。

离开学校的时候，只领到一瓶矿泉水，一个章换来的。

这小姑娘啊，矿泉水紧紧抱在手里，舞台上那朵大花也捏着。

我紧紧抱着她，说：我们回家吧。

## 面对孩子,我也有无助的时刻

我和贝壳带着三个小女孩走在河边,河对面是二姨的菜地,小女孩都提着篮子,要去对面菜地摘豌豆尖。春夏之交的河堤铺满了绿色,前方就是连接对岸的小桥了。小女孩们走走停停,偶尔蹲下来采野花,在微风里她们快活无比。

快到小桥的时候,小树下站着一只吃草的白色山羊,小练第一个跑上前跟羊打招呼:小羊小羊,咩咩咩,我们可以跟你一起玩儿吗?小溪和小素也跟了过去:咩咩咩,我们可以跟你一起玩儿吗?羊抬起头看了看小孩们,又低下头吃草了。

贝壳说:你们喂小羊吃草吧。好啊好啊!仨小孩迅速在河边摘下最嫩的青草陆续递到羊的嘴边,羊也不怕生,咔嚓咔嚓吃起来。

和羊在一起的时间过去大约十五分钟,要摘了豌豆尖回家做午饭,我们催促孩子们该过桥了。小练不舍得走,我说等我们回来还可以喂它吃豌豆尖呢。听我这么说,大家就走上桥往对岸去了。

摘豌豆尖的时候,对面草地传来惨叫声,羊被狗咬了。

首先是孩子们在惊呼:啊!大狗在咬小羊!抬头看去,一只大狼狗正尾随惨叫的羊,羊脚上拴了绳子,只能围着小树转圈圈。大狼狗的身后是三个男人,其中一个还拿着一把明晃晃的刀,看起来,狼狗咬羊是得到了主人的示意。孩子们已经在尖叫了,两个妈妈也朝对面大喊:不要这样,你们管一下啊。三个男人奇怪地往对岸看了两眼,拉开了狼狗,随即又解开了羊的绳子——原来他们同时也是羊的主人。

他们今天要宰羊,就在这河边,就在小树下,就在我们的孩子面前。

暂时获得自由的羊想离狼狗远些,它开始奋力奔跑,但一只脚已经不听使唤,估计被狼狗咬断了。在它奋力做出跑的姿势的一刹那,狼狗又扑了过去,羊的惨叫又传到了对岸孩子们的耳朵里。三个男人正埋头整理宰羊的工具,听到孩子们更大声的尖叫了才吼了一声狼狗。我和贝壳愤怒了:咋回事,管一下狗啊!

这愤怒准确来讲是愤懑,羊是人家的,狼狗也是人家的,在这河滩宰一只羊也不犯法,周围还有三五个路人也没觉得这是件应该愤怒的事。见我们情绪激烈,三个男人牵着狼狗拖着羊往树林方向走了。

"妈妈,我们回家吧。"小练说。

过小桥,原路返回,却没想到在返回的路上撞见了挂在另一棵树上的已经死去的羊。

三个小孩都看见了,地上一摊血,狼狗不见了,羊倒挂在树枝上,嘴张得很大,眼睛也睁着,整个表情还停留在惊恐的瞬间。三个男人只剩下一个在收拾残局。小练就要哭了:"妈妈,都怪你要先摘豌豆尖,不然羊还能多吃些我们的青草……"小素和小溪两个小小孩还是蒙的,附和了几声姐姐就被别的事情转移了注意力,只有小练一直很低落。我和贝壳除了叹气,也说不出什么。

晚上,睡前故事后,三岁的妹妹很快睡着了,小练还睁大眼,翻来覆去一会儿,坐起来说:"妈妈,人不应该吃羊,狗也不应该咬羊,我再也不吃羊肉了,也不吃鸡肉,也不吃兔肉,也不吃猪肉,它们都太可怜了。"

我不知道应该怎么回答她、安慰她,有些问题,妈妈也不知道答案。

"小练,我也很难过……可是,睡觉吧,晚安。"

生而为人,没有信仰,不是素食主义者,我承认此刻我的无力。

## 被绘本改变的生活

给孩子讲故事这件事可能是我身为一位妈妈坚持得最好的一件事。

有时候读故事,有时候自己编故事,有时候回忆小时候的故事,也有的时候实在讲不出什么了就复述小时候听爸妈和奶奶外婆讲过的故事。

每晚临睡前,小家伙们最期待的事情就是把自己洗得干干净净躺在床上,等着妈妈走过来,问:今天你们想听什么故事呀?

妈妈讲着讲着就困了,回头看,孩子们已经睡着了。美好的故事早已进入了她们的梦里。

有时候读着读着就把自己读睡着了,迷迷糊糊中听到两个小东西在旁边说:宝宝乖,宝宝睡觉了哦。有时候读着读着就把两姐妹读哭了,绘本里的主人翁受到伤害了,她们不干,她们说:

妈妈你改一个结尾。于是我们一起建构一个圆满大结局。更多的时候，我们读得一起捧腹，妹妹喜欢讲屎尿屁的绘本，姐姐和我就一边听一边捂鼻子哈哈大笑。还有的时候，同一个故事读到差不多一百遍的时候，妹妹就可以自己讲了，她拿过书一边读一边说：妈妈，快录下来，发到宁不远电台！

尼采说，我们拥有艺术，所以不会被真相击垮。

妹妹几年前出世的时候，姐姐只有两岁多。那个时候姐姐每天最盼望的时间是临睡前的半个小时，因为这半个小时，妈妈会把妹妹扔在一边，陪她读绘本。

妹妹长到一岁多的时候也加入了读绘本的队伍。昨晚先读了妹妹选的，今晚就先读姐姐喜欢的，上周姐姐帮助妈妈给妹妹读了故事，这周妈妈就要多读一个故事奖励姐姐。到现在，她们已经不需要妈妈每天读故事了，更多的时候，我们三个人，一人一本书，她们读她们的，我读我的，有时候姐姐有不认识的字会来问我，而妹妹呢，不认字根本没有关系，她开始自己编故事给小狗小熊听。我们在一个空间里，拥有彼此，又独立安然。

如今小披萨两岁多，别看我们读故事的时候他一副不搭理人的样子，一个人在旁边玩他的车车。过几天，他就能冒出绘本故事里某个角色的语言呢，还学得有模有样的。

孩子回馈给大人的永远超过大人付出的，包括读绘本。几年下来，几百本绘本，这样每晚读啊读，生命里好多沉睡的美妙都被唤醒了，我也像个孩子一样，通过绘本看世界，通过绘本走进真正的生活。

# 第三章

# 我们养育孩子，也培养自己

> 要心安理得地接受"我是一个不完美的妈妈"的事实。除此之外，还要心安理得地休息，安排独处的时间，热爱这个"热爱自己"的自己。

## 我不是一个完美的妈妈

几年前一位朋友带着她的儿子来我家,她的儿子三岁多,和小练正好玩到一块。我们好几年没见面了,有很多话想说,又差不多同时当了妈,讲起孩子自是投机。我找出家里的一堆玩具让两个小孩玩,我们就坐在旁边喝茶聊天。

可是,聊天的过程并不顺畅,她的儿子和小练不时会出现一些摩擦,她总忍不住要去管理、参与和干涉。即使两个小孩没有摩擦,玩得很愉快的时候,这位妈妈也无法集中精力和我交谈,她对我说出的很多话都只是应付,一直在分神观照旁边的孩子。

比如,我正说着话呢,她突然哈哈大笑对着儿子竖起大拇指:儿子你好厉害!原来,她听到了她儿子和我女儿的对话。小练说:我长大了会长到楼顶那么高。她儿子接过去:我长大了会长到天上那么高。听到男孩子得到了表扬,我女儿赶紧说:我长大了要长到那么那么那么那么高。她笑得更大声了：你也好厉害！

我跟她说，我们好不容易见一次面，好好聊天不好嘛，小孩子自己玩，出了问题他们自己解决不好嘛。她哈哈笑着说是，可是一会儿两个孩子闹别扭了，她又走过去当起了裁判。待在我家的三四个小时里，我至少听到这位朋友问儿子五到六次：你错了没有？而每一次，就像是条件反射，儿子张口就来：我错了。

比如，她的儿子抢走了我女儿的玩具，女儿哭了，她立马走过去：宝宝，不能抢妹妹的礼物，你错了没有？儿子回答：我错了。再比如，儿子不好好吃饭，把勺子扔到地上玩，她捡起来，问儿子：错了没有？儿子回答：我错了。

这一遍一遍的"我错了"，是不假思索的应付，不是表达，更不是交流。我觉得一个小小男子汉，动不动就跟人说我错了，挺伤自尊的。我说：我家小姑娘都很少说我错了，除非她真的觉得她错了。她说：我儿子就是很听话。

又一会儿，儿子摔倒了，她两秒钟之内就冲了过去抱住儿子：儿子，不哭不哭。她儿子还没有哭呢，她这么一说，果然哭了。她又不停地跟儿子讲道理，讲些小男孩要勇敢要坚强之类的话，这让儿子哭得很不连贯。

饭后不久，儿子说：妈妈我要上厕所。她立马做出惊喜的表情：儿子你好棒，天天都能主动要求自己上厕所！女儿听了她的表扬，凑到我身边：妈妈，我也要上厕所……她说这叫"赏识教育"，从小鼓励孩子，孩子长大会更自信。我不赞成，取笑她：你儿子拉个屎你都要表扬。她却说我太落后。

这位朋友以前上班的，生了孩子之后回家做起了全职妈妈，她没什么爱好，带孩子几乎是她生活的全部。看得出她对自己的表现相当满意，她还给我介绍了好几本育儿书，国内国外的都有。

离开我家的时候我问她：带孩子辛苦吗？她一脸凛然的样子说：辛苦啊，但有什么办法，孩子长大点就好了吧。她小时候自己和父母离得远，在外婆家长大，她说，自己童年缺失的，没有拥有的，都要让孩子得到。

"当一个过得去的妈妈就可以了吧。"我劝她。她笑说："你呀你，一点儿不要求进步。"到了门口，她抱起儿子回过身说："儿子，跟阿姨说再见。"儿子乖乖地说了声再见，她满意地亲了儿子一口，转身走了。她自己倒没说再见。

他们走远了，她儿子乖巧的样子却一直在我眼前挥之不去，不知怎么就有些心疼，心疼他碰到这样一位热衷于"教育"的妈妈。

我不是一个完美的妈妈，不太懂如何教育孩子，我选择放过自己，放过孩子，也始终相信成长是一个美妙同时又充满自我修正和完善的过程。很多东西，依靠"教育"是不可能获得的，就像如果孩子摔倒了，你不给他体验疼痛、战胜疼痛的机会，他最终如何明白什么是坚强？

我想，好的教育应该至少有一个标准吧，那就是参与者（施教和受教双方）没感觉到教育的存在，但它却实实在在地起到了作用。换句话说，我还不太清楚好的教育应该是什么样子，但我知道坏的教育是什么样子。

在我不确定哪种教育方式更好的时候，我宁可选择什么也不做，我就做一个过得去的妈妈就好。用一个妈妈的天性来面对我的孩子，就像我那没有上过一天学的妈妈面对我一样。我的妈妈，她可没看过什么育儿书，但如今看来，她很多时候无意识地与我的相处，影响了我成为今天的我。她首先是一个好女人，然后才是我的好妈妈。嗯，我的意思是，我对今天我的样子还比较满意。

做了母亲，我的感悟就是要不断地自我修炼、自我提升。如果我没有做到，我不知道应该如何让孩子做到。如果我做到了，我不需要让孩子去做到，因为她已经看到了该怎么去做到。

我能给孩子的只有两样东西：爱与平常。寻常日子里，作为父母是怎样过日子的，每天吃什么，家里是怎么装修的，怎么面对友情关系等。其他东西需要孩子自己去找。

我也不想填满孩子的生活，我想给他们很多空白。我也有我自己的生活，我也想要我自己的空白。

我特别希望焦虑的妈妈们都能回到常识，回到平常，不被时代裹挟，做一个放松又坚定的妈妈。

做自己很重要，对于跟孩子相处，对于培养孩子也是非常重要的。当我们想做很多事情又不知道做什么的时候，我觉得最好的办法可能是什么都不要做。当然不做什么可能比做点什么要难得多，这个需要每一个妈妈更多的定力、更多的决心。

## 偶尔不做妈妈，做自己

若干年前的我一定想不到，有一天会如此希望拥有属于一个人的独处时间。从十多岁的时候开始频繁转学（父亲希望我上他能找到的最好的学校），总是在进入新环境，没什么朋友，整天无所事事，计算距离放假的日子，害怕看见黄昏时分的天空，唯一盼望的事情是：快点长大。那时候害怕一个人待着，每晚躺床上就幻想着自己有一天会谈恋爱，结婚，生孩子，给自己构思一部小说直到困劲儿袭来。

后来的人生也果然就是小说里构思过的，只是心境有些不一样了。如今身为两个孩子的妈妈，又觉得多么需要拥有绝对的静默时刻。要知道放空自己对于被生活填满的妈妈有多重要，以及，独处时由内心生出的温暖和平静对于一个被日常琐事占据的主妇是多大的治愈。

妈妈们大概都有这样的体验：跟孩子待久了，自己去蹲马桶就是放松,所以每次时间会特别长,厕所门一关先长舒一口气。我一个朋友是个四岁小男孩的妈妈,她说她每天至少用半小时的时间来洗澡,这是她最放松的时刻,根本不舍得走出淋浴间。

在家里待久了,会觉得出差就是休息。出差的最大好处是:你现在是一个人了。独处会带来自由的感觉:一个人躺在雪白的床单上看着酒店天花板发呆,不用担心被两个小家伙拖起来玩磁力片,也不需要听到客厅有点异常的响动就一跃而起,刚买的玻璃花瓶大概又被熊孩子打烂了。

独处有多重要?有一段时间曾有过这样的冲动:在网上发起一个"保障妈妈独处自由"的计划,专门给那些没有个人空间的妈妈提供帮助。真的,好多焦躁不安的时候,妈妈们只是需要静一静。

当然喽,出差的时间稍稍长些,超过两天吧,焦虑就开始了:担心孩子没有妈妈睡不好,家里的植物没人照管会不会枯萎?最重要的,开始想念有孩子在身边的庸常日子,想念孩子们的吵闹、楼下快递员的电话、送牛奶的工人按响门铃……其实呢,这说明人真的不能在一种状态里待得太久,妈妈做久了总会烦的,偶尔不做妈妈,做回自己,对做好一个妈妈还是很重要的。我们也首先得是自己,然后才是妈妈。

一个妈妈每一天的生活就是时钟在流走,一切都在秩序中:

孩子八点半要准时赶到学校就得七点起床，再往前推，要想保证七点起床，九点半之前就得入睡，那么洗澡的时间、刷牙的时间、讲故事的时间……所有时间点都得按照表格进行，生怕哪一个环节出娄子……而只有独处的那个时刻更像是静止的、摆脱秩序的、逃离在生活之外的，属于自己的充分的自由。

随着妹妹越长越大，两个孩子带来的负累常逼仄得我喘不过气来，也就越来越需要某一时刻的放空，于是想了很多办法，尽力给自己创造私人空间。要知道仅仅蹲马桶和沐浴或偶尔出个差是不够的，还要有更纯粹的时刻，譬如阅读、写字、坚持每天一个人走路。

在这里所指的"走路"，是指单纯地为走路而走路，不是为到达某个目的地的行走。每天至少四十分钟，就这么一步一步地走，什么也不做，只是往前走。

几年前在北京的时候自由支配的时间相对多些，习惯每天下午孩子放学前在家门口的市政公园走一走。后来回到成都，工作、家务和孩子就把走路的时间也挤占了，鉴于这样的情况，我及时调整了方案，由白天走路改成了夜晚走路。

每天晚上九点在榻榻米上给孩子们讲完故事，坚持让她们自己上床睡觉，我就可以换好衣服出门了（而不是像以前那样妈妈也躺在床上讲故事，因为只要躺下来就没有动力再起床了）。

夜晚走路的好处是少了很多干扰，院子里很安静，除了偶尔窜出来一只猫也就没什么别的响动了。有时候也能在暗夜路灯下遇见晚归的邻居，提着公文包急匆匆赶往家门。很少的时候，会有和我一样走夜路的人，路灯昏暗中也看不清对方的表情，只是会心里一亮，想着是不是应该表达友好和善意，但这么想着的时候，就擦肩而过了。

走得快一些，身上就开始冒汗，也因为走得快，形成了迎面而来的风，汗水很快又蒸发了。

只是走路，不是跑步，内心越来越安静，可以借此在脑子里整理一天经过的事情，如果没有特别的事，就把脑袋放空吧。戴上耳机听一段喜欢的音乐、没有歌词的乐曲，或者听不懂的法语歌，只是需要音乐里那种舒缓又不明确的情绪就好。

有的时候，刚刚走出家门还带着某件事情引起的坏心情，走着走着，那件事情渐渐变得无关紧要了，心越放越松，越感觉到"没有什么是不能好好面对的"。

朋友知道了我暗夜走路，发来消息说：久走夜路要怎样你知道不？我回：就不怕鬼啦。

虽然是玩笑，但仔细想想，我确实在这日复一日的走路中获得力量，慢慢地，不再害怕什么。

## 爱是底色，稳稳接住的"底"

小练一边画画一边问我：妈妈，有没有人不喜欢你？

我说：应该有吧，嗯，肯定有，你怎么想起问这个？

我觉得我们班有两个同学不喜欢我。她们觉得我太丑了吧，她们好漂亮啊。她们不跟我玩。

你那么好看，一点也不丑。每个人都会有人不喜欢，这是很正常的。

但是我很喜欢她们呀，她们不喜欢我。哎，不说了，不说了。

她继续画画，画一会儿抬起头自言自语：我很会画画的，我画得可好了。

我有点难过，五岁半的孩子，开始面对这些问题了。

身为妈妈，我好像也做不了什么。唯一庆幸的，她愿意跟我讲这些，妈妈是值得信赖的听众。

我小时候也有这样的时刻：因为得不到大家的喜欢，转而拿起书本，认真读书时安慰自己：我很爱读书的，我跟她们不一样，我们都很好。

很难说这是好事还是坏事，成长过程里自我修正自我圆满，历经的千山万水，真的和他人无关。

作为妈妈，我只是妈妈，陪伴在孩子身边的、任何时候可以无条件给出爱的妈妈。有时候爱只是底色，是不管你碰见什么，不管从什么地方落下来都能稳稳接住的"底"。

生活不可能永远呈现它甜美向上的一面，还有苦涩。去经历，去体会，去跌倒，然后自己爬起来。

## 努力做一个深深扎进生活的人

晚上姐姐和妹妹因为一点小事闹矛盾，后来发展到争着要和妈妈睡（以此表达占有），先是哭再是闹，最后差点打起来。

好不容易平息风波一边躺一个睡着后，我轻手轻脚从中间被窝里爬起来，打开电脑（还有一堆关于听读会的工作要处理），这时候听到隔壁房间传来弟弟的咳嗽声……

"我为什么总要做很多事呢，带孩子已经很累了。此刻有点想不明白。其实我是一个最能享受一个人待着无所事事的人啊。"没忍住在朋友圈感叹了一下。

"因为相比带孩子，做其他任何事都是休息。"一位朋友回复。

妹妹昨天问我：妈妈，为所欲为是什么意思呀？我说：就是想干吗就干吗。她说：哎呀，我最喜欢的就是为所欲为。好想告诉她，妈妈也是。

做什么事都不容易吧，承认自己会累会烦，并不是又弱又不体面。过度运用意志力，反而会带来内心暴力。

能量是守恒的。有多少辛苦就有多少幸福，用力去爱就会有伤，永远想要云淡风轻岁月静好，只怕是梦里都难以成真。

所以，还是要努力去做一个深深扎进生活的人，拥抱这张牙舞爪的人生，哪怕满身泥泞，哪怕满脸鼻涕和眼泪。

人家金先生都说了，人生不过是大闹一场，悄然离去。

## 永恒的同情心

"妈妈,地震了。我跑出来了,但是小兔子跑出去了。"

早晨八点多,被这句微信语音叫醒。彼时我正在国外访问,当天的活动安排是去一所华人学校看孩子们的运动会。天气晴好,一切如昨,但三岁女儿在成都用稚嫩的童音说出的"地震"两个字突然使身边的一切变得不一样了。

之后我们坐着车去学校,同行中的一个女孩的男朋友去了雅安灾区,电话联系不上,她一直发着微信提醒对方注意安全,其他人偶尔回一回微信,其余时间就不停地刷微博看新闻。等车窗外传来学校运动场上孩子们的口号声时,当地朋友叫上摄像下车了,临走时说:你们就待在车里。

我们就待在车里,各自拿着手机。

是一种正常秩序被打乱的惶恐,这感觉之前经历过,如今再一次突然发生。"专家不是说四川一百年内不会再发生大地震吗?"男朋友去了灾区的女孩愤愤地说。

通讯中断,道路阻隔,据说能抗八级强震的房子塌了,孩子们没有学校了,哭声一片,众志成城,万众一心,抗震救灾,人定胜天……

吵闹开始了,有人满腔热血涌向灾区,有人骂涌向灾区的人是在添乱,有人逼捐,有人晒捐,有人痛哭,有人说痛哭的人是在表演……

停一下,对不起,没法投入了。为什么之前已经发生过的事情,我们现在仍然像是第一次碰到?以前,我们用本能去抵抗灾害。现在,居然,依然,依靠本能。

不,好像本能,又不是本能;好像惯性,也不是惯性。似乎一部庞大的机器又被启动了,一切都在其中。当灾难发生,几乎所有人都不假思索地投入了那个模式。

如果2008年那场巨大的灾难都不能让我们成长,还要怎样?还能怎样?

灾难就是灾难本身,无论大小,无论死伤多少,无论这灾难披上哪一种悲情的外衣,对于灾难中每一个具体的人,这伤痛都是深重的。一位在车祸中失去孩子的妈妈的痛苦难道就会比在地震中失去孩子的妈妈的痛苦少很多吗？一个能"感动大家"的关于灾难中的故事的主人翁可以得到更多的帮助和同情，可是，另一个和他一样的经历了灾难但是讲不出打动大家的故事的人，就不需要同情和帮助了吗？

北野武面对日本地震写下：悲恸是一种非常私人的经验。这次震灾并不能笼统地概括为"死了两万人"一件事，而是"死了一个人"的事情发生了两万次。两万例死亡，每一个死者都有人为之撕心裂肺，并且将这悲恸背负至今。

一番折腾，几次转机，终于回到成都。下飞机坐上出租车，广播里正在播放"无论你在哪里，我都要找到你"，主持人正号召大家行动起来，传递爱心。出租车师傅关掉收音机，像是对我说，又像是自言自语：求莫名堂（四川、重庆一带方言，没意思、没意义），没死几个人嘛，搞那么大阵仗。

这话我听出一股彻骨的寒意，不是出租车师傅错了，是整个什么东西错了。

可是在没有电台吵闹声的出租车里，师傅跟我说，"5·12"他开着车直接去了都江堰，参与了救灾，这一次一开始也想去雅安的，后来听说去的人太多了，就打消了这念头。"每天该做啥子做啥子"，除了偶尔半夜会被余震惊醒再翻个身继续睡。

回到家里，女儿扑向我的怀里，亲我，摸我的头发，嘴里一直在喊妈妈。然后她牵着我的手来到小区的院子里，向邻居们炫耀妈妈回来了，在邻居们欢乐的目光里，在蔷薇满园的春光里骄傲地奔跑着。

我走在她后面，看着她那个样子，心想这平平淡淡的小日子啊，真好。

## 没有谁会后悔成为母亲

在书店参加活动,认识一位双胞胎妈妈。她的两个女儿生下来时,一个三斤七两,另一个一斤八两。做的试管婴儿,怀孕到七个月有流产的征兆,在医院躺了三十八天,最终八个多月时早产,宝宝在医院住了好多天保温箱才回到妈妈怀里。

如今孩子三岁多了,上幼儿园,除了个子稍矮,其他方面一切正常。

"姐姐的语言能力还发展得特别好,常常得到老师的表扬。"这位妈妈说起两个孩子满脸自豪。她给我们看俩孩子的照片,水灵灵的大眼睛,机灵古怪。

她头发微卷,穿一条花裙子端端正正坐在沙发上说:"一开始也担心个子,一做儿保就焦虑,医生总说发育不够好,要求补这样补那样。后来遇到一位医生,跟她讲我的担心,她反过来问我,你以为你生的姚明的女儿,那么着急做啥子?心一下就放平了。"

她还在说着什么,脸上溢满笑容。有人打断她,说她太不容易了,她哈哈一笑,说自己太幸运了,"你们不知道,做试管婴儿有多难,和我同时去做的,有一对凉山来的夫妇,做了七次,家里的钱全花完了,不成功,那个妈妈还要做"。

我想起十年前生小练,最后关头怎么也生不出来,力气用完了,一位大着肚子的助产士爬上产床,跪下,把我的头放在她的腿间,她双手用力挤压我的肚子,一边挤一边大喊,加油啊。我的脸埋在她肚子外面衣服的褶皱里听到婴儿的啼哭,小练就是这么给挤出来的。

后来知道那位助产士当时是第二次怀孕,头胎是个女儿,家住北川,孩子两岁多的时候遇到大地震,被埋在了废墟里。

不能细想的。

参加的这场活动是有关生养的。华西附二院儿科医生毛萌教授写了一本书,现场与大家谈生孩子这件事。她谈起十年来帮助几千位地震中失去孩子的妈妈再生育。旁边有人感叹,这是多大的善啊!

我想着那几千位母亲,如何在焦灼中期待着自己再次成为母亲。"最难的是那些上一个孩子已经上高中的妈妈们,上了年纪,又顶着巨大的悲痛,不容易。"毛教授旁边的一位医生说。

为什么那么多女人,每个人都像个战士,奋不顾身投入在这场生养的战斗里?我在这个下午被一种说不清楚的情绪结结实实地包裹着,不仅仅是感动,还有控制不住的,类似于悲悯的东西。

三年前的深夜,微信叮咚了几声,是在一次读书会上见过一面的姑娘。她告诉我,她刚刚知道自己怀孕了。她说只是一次意外的经历,也不可能和对方有任何未来。"但我今年三十八岁了,如果这个孩子不要,可能以后没机会当妈了。我打算生下孩子,认认真真把孩子好好养大,等于自己再活一次人生。你能对我说一句祝福的话吗?"

"我认识的人里,没有谁会后悔自己成为母亲。"

第四章

# 我不是天生的妈妈

> 我觉得我是比较幸运的，恰恰是孩子的到来让我意识到了这一点，也就是自我的重要性。

## 母亲之姿

"只要手一拿起画笔,心中就一粒尘埃也飞不进。"读日本著名画家上村松园的关于创作和人生自述的三本书(《美人的事》《更有早行人》《一念一事》),虽是人生创作谈,但松园在用大量的笔墨讲她的母亲。

松园还在母亲肚子里时,父亲就去世了。她由充满男子气概的母亲一手带大。令人唏嘘的是,长大后的松园,二十七岁未婚生子,也做了单亲妈妈。

明治二十一年,母亲将松园送入绘画学校。那时的日本社会对女孩学画不理解不支持,松园的叔父也狠狠地责备松园的母亲,但是母亲说:"可那是她喜欢的道路呀。"

松园的母亲一个人经营着茶叶店铺,还要赶做裁缝活,一直支持、鼓励着松园的学画之路。母亲也爱画画,松园说自己走上画画这条路，完全是受了母亲的影响。遇到旧书摊上卖绘本，母亲也会买回家自己临摹，松园从小看到这样一个"有绘画之心"的人，很难不受到影响。松园的儿子和孙子日后也走上了绘画的道路，成为日本知名画家。正是应了那句话：教育的第一步，是做给孩子看。

虽说全力支持女儿拥抱热爱的事物，但松园的母亲并不是一位一心望女成凤的母亲，她给了松园一个宽松自由的成长环境。有一次，年轻的松园要画一幅画参加一个重要的展览，时间临近了还是画不出来，正在焦虑懊恼之时，母亲一句话让她放松下来，母亲说：要不，今年就别画了。

松园的母亲有一副好身体，九十多岁高龄才辞世，一生活得深情又达观，爱孩子，但没有让孩子成为自己人生的全部，在自我的成长上从不放弃。正是这样的姿态，给松园上了一堂珍贵的人生之课。那些永不枯竭的爱与支持，已经牢牢生长在上村松园的身体里，成为永远的火焰与光明。

有一个关于母亲的记忆刻在松园的生命里，那是影响她一生的"母亲之姿"："夕阳西下，四周变得昏暗模糊，母亲丝毫没有发觉……她靠在纸拉门的旁边，把针举到眼睛的高度，右手拿着线头，一只眼闭着，另一只眼睛只留着一道细细的缝，盯着针眼想要将线头穿过去……"

## 就在那一刻，我决定要孩子了

身为三个小朋友的妈妈，我每天大约有三分之一的时间被他们占据。除此之外，我还是个写作者，同时经营管理着一个原创女装品牌。经常会有人问：你每天那么多事情要做，是怎么做到的啊？

"哦，也就是一件一件做到的啊。"

也有人问：你怎么生了三个孩子啊？

"啊，也就是一个一个生出来的啊。"

这么回答，是不是会让提问者觉得我有点骄傲或者敷衍？但这确实是我最真实的想法。

是真的，从没有计划过这辈子要生三个孩子，但孩子就是这样一个又一个地来了。事实上我是一个特别理智的人，生孩子这件事情可能是这辈子做的最冲动的一件事了，至于具体原因，也不太能说得清楚。

有时候，我想，可能就是出于自私吧。

这也是真的：我生孩子是因为我想生，刚好身边有人愿意配合我生。至于孩子，他们并没有提出要求要来，我也没有做过那种梦：小婴儿在头顶的天空对着妈妈说，请接纳我做你的孩子吧。

我在很年轻的时候，高中或大学期间吧，曾经设想过将来的生活：环游世界呀，遇到个什么样的人谈恋爱呀，换个陌生城市生活呀，做一名战地记者呀……所有的想法里就是不包括生孩子。可能是因为有个小我八岁爱哭的弟弟，从小整天跟在我屁股后面跑，所以一直觉得小孩子是个特别麻烦的东西。偶尔在餐厅或是别的场合看到小孩子们不守规矩，吵吵闹闹，就会皱起眉头一脸嫌弃。我也不太知道应该怎么讨小孩子喜欢，"小孩子嘛，乖的时候还行，抱过来玩一玩，哭了就赶紧还给他爸妈"。至于那些带着孩子的"妇女"，"那完全是没有自我，不好看，不轻松，没意思的一种人啊"。

"我才不要生孩子呢"，那时候我和现在七岁的女儿小素的想法完全一样。

后来考虑要嫁给秦先生时也有一场比较正式的谈话：

"我不想生孩子,你同意吗?"

"听你的。"

"嗯,如果实在想要小孩,就去收养一个,收养年龄大一些的,至少五岁,一进家门就会说爸爸妈妈你们好。太小了好麻烦的。"

这些都是那时候真实的想法,并且不想自己生但能接受领养还有一个原因:地球负担那么重,我们再别增加负担了,但是领养就是为社会做贡献呢。

后来是怎么转变这个想法的呢?十多年前的某一天中午,我妈在厨房里对一旁帮她摘菜的我说:婚都结了,赶紧要一个。

她是一边炒菜一边说出这句话的,说完继续翻炒锅里的东西去了,但我听得出这句话里包含的郑重,郑重到她的手里必须做点什么事才可以显得轻松。

我们不常谈论这些的。

我妈那时也就五十出头,从老家农村来到成都,一下子被城市淹没。她是一个强悍又乐观的女人,在乡下出了名的能干,有很多朋友。我们平时交流得少,她整天待在楼房里,寂寞是一定有的,可能她那时想,有了孩子,一切都会不一样。

那个时刻对我来说至关重要,倒不是说我生孩子是为了我妈不寂寞，而是人的一生中就是有那样一个时刻，可能是之前很多情绪或别的什么东西积累到了那会儿，突然一个场景、一句话，就按下了内心的某个开关，从此，很多想法就不太一样了。

"好的，赶紧要一个吧。"这句话没有说出口，但我心里确实就在这么想了。

事后回想起来，那时敢有这样的想法，一个原因还是随着自身的成长，感觉到似乎是可以试着为另一个生命负责了。再者，说出来有点不好意思：那个时候我还是一名高校教师以及电视台节目主持人，工作太累又太没意思，不管从哪个角度讲，都看不到什么希望，但是又没有勇气离开已经能够应付且工资相对满意的工作。

我想休息，想暂时抽离让人窒息的工作环境。

大学毕业后我在高校工作的同时进入电视台，在这两个事业单位工作，也算是兢兢业业了。好些年我非常努力，渴望得到承认，后来也差不多得到了。但这两份工作说实话都不算是我的热爱，我享受工作带来的结果：较高的工资和虚荣心的满足，但并不享受过程，也不喜欢整个工作环境。判断一件事应该不应该去做的标准其实可以很简单：你是享受做这件事的过程，还是仅仅为了得到某种结果？

电视台是事业单位，事业单位里有正式工和合同工，我在的时候，因为端着铁饭碗的正式工很多，整个文化就是：差不多就可以了。这样一来，那些努力做事的人就会不同，就会招来大家"特别"的关注。比如身为主持人，我如果还要主动申请去跑一线当记者，每天吭哧吭哧写稿或在编辑机前忙碌时，就会有声音传来：哎哟，当主持人挣的钱还不够。这个时候，你如果回答"我只是热爱工作"，别人多半会把你当怪物的，你必须要诚惶诚恐：哪里哪里，领导交给的任务。整个风气是不做事的，做事的人就会显得特傻。

有很长一段时间，我以为我的人生就是这样了：每天按部就班地工作，工作不能太差也不能太好，完成任务就行。穿衣服也不能跟别人太不一样，主播嘛，名牌是要有的，职业女性当然是要化妆的，高跟鞋能提升气质，包包至少也得Coach。每天和同事们在工作之余谈论时尚资讯，讨论哪个商场哪个品牌设专柜了，喝星巴克咖啡，看国产电影……每一次推不掉的饭局对我都是一场巨大的考验，实在不想站起来跟人推杯换盏，又害怕被人认为是在扮高冷。千万不要被人看见你包包里放着一本《百年孤独》，否则"哟喂……"这种语气就会从办公室的某个角落传过来，既而引发大家种种说不清道不明的怪怪的讨论。

我实在是害怕这样的场景,所以几次就学得乖乖的了,见了化妆师就跟她聊化妆品和减肥,见了爱吃喝的摄影师就跟他讨论哪家馆子上了大众点评,见了领导嘛——最好不见,躲得远远的。如果想要安全感和认同感,你只有一个选择:变成和他们一样的人。

在高校工作也同样如此,在所有人都忙着写论文评职称分房子的时候,你如果一门心思只想把书教好,多多少少就会成为异类。"她有钱她当然不在乎""她在电视台还有工作,她来这儿只是玩儿"诸如此类评价,仅仅是因为,你只想做个教书先生。要是一不留神被评为劳模,每年去领那几百元的劳模慰问金就变成了一件需要偷偷摸摸完成的事情(我曾经是全国劳模,而且似乎是终身荣誉,到现在劳动局还是什么局每年都要发一千多元给我)。

所以,就是这样,生孩子对我最大的好处是:可以堂而皇之地休息那么一阵子,从心理上暂时抽离厌倦的工作环境。即使还在上着班,看着你渐渐胖起来的身材和脸蛋,也不太适合天天化妆出镜了,这真是求之不得。

## 是孩子，让我意识到自我的重要性

我一直觉得我在写跟孩子有关的文字的时候，是彻底诚实的一个人，我会写出我的困顿、我的挣扎，会写出我的忧伤，当然也会写出我的喜悦。

但是不知道为什么，无论我怎么写，很多人看到的，还是美好。这可能就是文字的神奇之处吧。当我们回忆过去的时候，当我们用文字去表达的时候，那些艰难就被化解掉了。

在我生下第一个孩子的时候，我和大多数初为人母的女性一样，看着眼前这个柔软的小东西，可以说是无所适从，满心焦虑，生怕自己哪里做得不好，那时候我买来了几十本育儿书，一本一本地读，做笔记，恨不得自己能够成为做妈妈做得最专业的那一个。

而且在我怀小练之前，我曾经有过一次胎停。因为第一次，就比较大大咧咧，怀孕之后继续工作，那时候我还在北京跑"两会"，怀孕两个月的时候，还去跑现场，到处去采访、编辑等。但是三个月到医院去建卡的时候，医生告诉我孩子已经停止发育了，当时我完全蒙了。有过这样一次失败的经历之后，我再一次怀孕时是非常小心的。我停掉了所有的工作，就在家待着。两个月的时候吧，经历了一次流产先兆，吓得不行，躺了很长时间。所以有第一个孩子时，自己是一个新手妈妈，孩子来得又那么不容易，整个人非常焦虑。

生下小练之后，我一边在电视台工作，一边又开始做服装了，同时我还是一个写作者。这些工作会导致我每天有大量的时间都坐在电脑前，我还记得那个时候大女儿小练刚刚学会爬，她常常在我工作的时候爬到我的身边，她会敲我的键盘，打翻我桌子上的水杯，感觉真是糟糕透了。

一方面是工作被打扰，自我被干扰，感到很愤怒，另外一方面，其实也是对自己不能多陪孩子感到内疚。就是不自觉地把孩子和我的工作放在了对立面，让他们互相像仇人一样。现在想起来，那个时候就是对自己不满意，想成为一个完美妈妈、专业妈妈，但是又做不到。

在我有了第二个孩子之后，又会有一种焦虑，觉得给到姐姐的时间少了，觉得陪老大的时间本来就不够多，又来个老二。

做妈妈是一个过程吧，其实没有人生来就会做妈妈。

但是呢，每个女人又天然地爱孩子，是一个"天然的妈妈"。为什么我们会有困顿，会有挣扎呢？我觉得这种困顿和挣扎，更多的是社会性的，不是做妈妈的天性的挣扎。作为一个现代女性，我们生活在这样一个时代里面，这个时代其实将很多要求加诸给了女性。

这些要求，会给女性带来很多的焦虑。这种焦虑，当我们成为母亲之后会翻倍。尤其在商业社会里，有很多的商业其实是以贩卖焦虑来赚钱的。我们走到商场里面去，走到任何一个货架前面，那里摆满了琳琅满目的产品。比如说玩具区，会告诉你很多的"可能性"，它会说这个东西可以让你的孩子怎么样，如果你不怎么样，你的孩子在哪方面可能就得不到开发等。就好像每一个人都害怕自己会落下什么东西，如果不投入这样一个洪流，就会被挤到一个边缘的位置。每个人都害怕自己被落下。

有一位美国的人类学家，同时也是妈妈，她写了一本书，在封面上有一句话："这世界就像一个剧场，当前排观众站起来的时候，后排观众也不得不这样做。"所以这个世界上很难找到一个不焦虑的妈妈。

而与此同时，我们又生活在一个太丰富的世界。一个妈妈单枪匹马其实很难抵抗那种由物质堆砌的丰富。其实过简单的生活，用常识去生活是很珍贵的。我也经历过这样一段非要去做些什么才让自己不那么焦虑的时候，比如看各种育儿书，带孩子去早教，等等，就想做很多事情来填补内心的那种焦虑和空虚。

但其实在这样一个特别丰富、特别嘈杂的世界，我们反而要给孩子一个简单的环境，让孩子有更多空白的时间。

对于妈妈来说，做自己很重要，给自己留有空间也很重要。

如果当我们想做很多事情又不知道做什么的时候，我觉得最好的办法可能是我们什么都不要做。

我曾经带小练回过一次我自己的老家，就是《远远的村庄》这本书里的那个老家。那次给我的触动非常大。孩子刚刚回到乡下的时候，她特别害怕用脚去踩那些泥泞的土路。我老家门口有几只大白鹅，远处还有水牛和山羊，看到这些也要躲，但是很快，她就完全融入了那个自然环境里。

当时我自己是带着满身的焦虑回到乡下的，但是一回去我发现我自己的焦虑放下了，我的孩子在那个环境也舒展了。这个事情其实给我一个触动，就是：孩子的天性需要什么？作为一个人，我们究竟需要的是什么？

我想一个孩子需要的是一个天然的成长环境，如果没有一个天然的成长环境，那么父母就应该给他一个这样的环境，那作为母亲就不如回到自身，做一个很天然的妈妈。我也是在育儿过程中，在自己的成长过程中，才意识到自我的重要性，也可以说我自我意识的觉醒是在有了孩子之后。

在没有孩子之前，我没有想过自己要成为一个什么样的人，我要给这个世界贡献些什么，我觉得是孩子促使我去思考，也促使我去放下一些很执着的东西。我们常常会陷入一种东西里面，就是当我们很爱很爱一个人的时候，特别想把自己的全身心都投入到这个对象里面。尤其是在面对孩子的时候，很多妈妈会失去自我，就觉得我要给孩子最好的，自我不重要了。

我觉得我是比较幸运的，恰恰是孩子的到来让我意识到了这一点，也就是自我的重要性。

因为爱一定是发生在两个独立的个体之间的，如果你不成长为一个独立的自我，你拿什么去爱孩子呢？

所以我觉得是孩子让我完成了这样一个成长吧。这些困顿、这些挣扎就像是泥泞，我从这些泥泞当中站了起来，站成了一个比较坚定的自我。

很多时候道理其实都是简单的、朴素的，没有那么多高深的东西，只是说什么环境讲什么道理，这个可能不太简单。

尤其是在现在这样的一个大时代、大环境下，在普遍焦虑、资讯爆炸的时代，我特别想要给大家分享的是：放过自己，做一个过得去的妈妈就好。

## 放松一些，享受做妈妈

想讲讲我的爸爸妈妈。我的爸爸妈妈现在没有帮我带孩子，也没有帮我弟弟家带孩子。爸爸和妈妈多数时候生活在老家，他们在成都也有自己的房子，但他们每年可能只有不到四分之一的时间会待在成都，跟他们的孩子待在一起。更多的时候他们自己玩自己乐，开着车就去旅行了，或者就待在老家打打麻将，他们完全有他们自己的生活。而在更小的时候，爸爸妈妈给我的一个印象就是他们很忙，爸爸有自己的事情，妈妈也有自己的事情，他们陪我的时间也并不是很多，但是我能回忆起来的那些都特别美好。

我还能记起我们一家人压马路，爸爸妈妈会手拉着手。他们也会吵架，会生气，但是他们两个是很相爱的，他们就是那种很有烟火气的俗世人间的一对相爱夫妻。

我在八岁的时候就离开家住校了，从我八岁开始，我人生的大大小小的决定，我的爸爸妈妈都没有干涉，都是由我自己出主意。再大一点儿，我就形成了一个习惯，我要做什么事情，我是把决定做好了才告知一下爸爸妈妈。包括我毕业了在哪里工作，我跟谁结婚、辞职、生孩子，所有的这些事情，都没有去征求爸爸妈妈的意见，我也知道他们会尊重我的意见。这些都是很珍贵的。

我们上一代的父母，很多不是这样的，想要控制孩子人生的爸妈很多，但是我的爸妈没有这样做。我和我弟弟都是特别有主见的人，跟爸妈的情感也是能够流动的。我们有对他们的情绪，我们会表达；我们对他们的爱，我们也会表达。他们也一样。

在我的写作里，有两大主题：一个是写我的孩子，另一个就是写我小时候的故事。我觉得这个就是我在童年得到了充足的爱、得到了非常有安全感的陪伴而得来的一个东西，我在里面吸取了很多的养分。

我的父母应该从来没有认真想过用什么方法来面对我，没有想过"育儿方法"这回事。妈妈就是用母亲的天性来面对我，爸爸也是用父亲的天性来面对我，并且他们有自己的事情，他们有自己的世界，他们有更多的时间在做他们自己，而没有去做我的爸爸妈妈，也没有去要求我做怎样的人，这反倒给了我一个独立的自由成长的空间。

其实我也特别想成为一个像我妈妈那样的人，不失去自我，做一个放松的妈妈。

如果要给妈妈打分的话，按照现在的标准，我的妈妈可能只能得六十分吧，但是我就只需要一个六十分的妈妈，我不需要一百分的妈妈。我对我的孩子同样会这样想，我觉得我做一个过得去的妈妈就好了，我不需要做一个专业的妈妈，我也不需要做一个一百分的妈妈。

有很多人问我：你怎么就敢生三个孩子呢？我想我之所以敢生三个孩子，恰恰是我对做一个一百分妈妈、对做一个专业的妈妈没有任何期待。我没有那么执着于做妈妈这件事，所以我才敢生三个孩子。这是一个水到渠成、自然而然的事情，孩子来了，我就接纳她，但是有孩子，并不影响我要成为我自己想成为的人。

我现在在写作，在做远家，有时候还要去演话剧，很多事情、陪伴孩子的绝对时间肯定比不上很多全职妈妈，但是我会尽量做到高质量的陪伴。所谓高质量的陪伴，也不是说一定要跟孩子怎么玩，去参与他的游戏。我觉得更多是心理上的陪伴吧，就是说孩子需要的时候，我就在那儿，我的爱就在那儿。我比较享受的是跟孩子们待在一个空间里，我们各自做自己的事情。孩子在看书，我也在看我的书，孩子在玩毛线，那我可能在旁边织我的毛衣。但是他有问题需要问我的时候，我能够去解答，就是那种空间上的在一起，以及这个空间里面情感情绪的流动，我觉得这就是一种陪伴。

而不是说孩子在玩一个游戏，我一定要去参与，我要"哎呀，妈妈陪你玩吧，我们来玩这个吧，不要玩那个"。那种过度的干扰，其实不仅仅起不到陪伴的效果，还会让孩子觉得妈妈怎么那么烦。

我很早就想我老了一定不要做一个爱唠叨的妈妈，我觉得唠唠叨叨地说很多的话，会把孩子的慧根都给说没了。

第一次做妈妈的时候，我买了几十本专业的育儿书。那些书都没有怎么看，完全就是填补刚开始的焦虑，我也不赞成看太多的育儿书。书本的道理、知识都是死的，但是养孩子是活的，是一个具体情况要具体对待的事情。要看书就看那些真正能够丰富你的生命的书，能够对你的成长有帮助的书，帮你成长为一个更好的自我，面对孩子的时候，你自然会有属于你自己的方法，而不是照着书籍养孩子。

我记得有一次参加一位老师的课程。她跟我说了一句话，她说"我发现中国女人的怨气太重了"。这位老师是做心理学研究的，她面对过成千上万的个案，这是她的一个体会。

我们不要有那么多怨气，尽量去享受做妈妈，让自己放松一些，不要想做完美妈妈，不要想我一定要把什么事情都做好，放松一点儿，接受事情可能不会有那么百分之百的好的效果，而只是接纳这一切。

## 学会对另一个生命负责

第一次成为孕妇应该是一个人一生中最美好的时光之一吧。也就是在那个时候,闲坐家中的我,开始拿起了这支写作的笔,以及裁衣服的剪刀。从小就喜欢写写画画的我,在这段难得的清闲时光里捡起丢下多年的那点"本事",体内某种创造力慢慢复苏。谁能想到几年后我就出了书,做起了自己的服装品牌,最终离开前面提到的两家"单位"呢。

没错,如果不是生孩子,我可能不会辞职,只会继续一边抱怨着工作,一边成为那抱怨的一部分。所以,对我而言,生孩子不是失去自我,而是我终于有机会回到自我。

大着肚子上餐厅,我也成了年轻时看不上眼的那种"妇女",但却能坦然享受自己是一个妇女的身份。如果遇到和我一样的妇女,我通常报之以会心一笑,而她们身旁活蹦乱跳的孩子呢？当然也变得可爱起来啦。要做妈妈了，我不仅爱上了自己肚子里的孩子，也爱上了这个有孩子组成的、吵闹但充满人间烟火的世间呢。

停掉了以往风风火火的工作，却开始怀念奔跑的滋味。要是能够奔跑，要是跑着跑着就飞起来，像羽毛一样，那该有多好，可是肉身一天天沉重起来。第一次有个孩子装在肚子里，没有任何经验，凡事小心为好，加之孕二月的时候有过一次不明原因的出血，医生让我平躺一周时间，还天天打孕酮保胎，这之后就更加小心。

已经有大半年没有奔跑了，最后一次奔跑，还是4月的一个早晨，我在小区外的马路上追赶一辆出租车，我一边喊"师傅，等一下"，一边向出租车飞奔。

突然一个指令从大脑传来：停下，你是个孕妇！

我立刻停止了奔跑的脚步，站在马路中央愣神，然后像个企鹅一样把自己的身体慢慢移向路边，忧郁的眼神望着出租车远去。

不能奔跑，更不能摔跤，走路得一步一个脚印，不要没事东张西望，要盯紧前面的路。

体重增加了十五公斤，身体的沉重带来思维的笨拙和迟钝，我会突然想不起最好的朋友的名字，去超市总是买不回我想要的东西，左手拿着一本书右手在书架上到处寻找这本书，拿着汽车遥控锁对着家门按了无数次，纳闷为什么门不会自己弹开……

如果说轻盈是一种力量，那么，一个孕妇正在失去这个力量。

和我妈下楼散步，我妈扶着我在步行道上慢慢往前走。她的步伐跟着我走路的节奏，也在慢慢变慢。我听到了我妈沉重的叹息，尽管我们原本已经走得很慢很慢。

而且，我正在老去的妈，很难再轻盈起来了吧？

二十九年前，我妈二十五岁，她正和我现在一样，经历这样一个从轻盈到沉重的过程。

如今五十四岁的妈，陪我散完步回到家，坐在沙发上给即将出生的小生命织毛衣，她一织就是一整天，偶尔抬起头来，眼神已不再清亮。

"你在我肚子里还没足月就跑出来啦，生下来才三斤八两，都以为活不成呢。"

她没有讲如何把三斤八两的我养大，这背后的辛苦。

"生你的前一天，担了一大挑水，一百斤总有吧，你奶奶说，估计是这个引起了早产。"

她不说那个年代一个孕妇为什么不得已要去担一百斤的水桶。

"小时候你三天两头总生病，没想到你后来比周围同样大的小孩都长得好长得高。"

"奶水不够，我和你奶奶就煮米糊糊用小勺喂你，你吃得香哪！"

"你一岁半的时候，我把你放在玉米地里，放了些桃子在你旁边，我就去干活了，从玉米地的那头锄草到这头，到你面前时，你把桃子都吃完啦。"

她只说这些，带着笑容说。我听着，忍着眼泪听。

她在用最轻松的语气教会我：什么叫承担，如何在生命中最沉重最笨重的时刻开始学会对另一个生命负责。

而不能奔跑，应该只是最微不足道的付出吧。

真是奇妙啊，是我妈的一句话让我最终决定要孩子，是肚子里的孩子让我看见生命河流中那些又甜蜜又忧伤的过往。我，孩子，妈妈，我们本就是一体。我望着织毛衣的妈妈，感觉到一种饱满又丰富的人生即将在我面前铺陈开来。

## 三个孩子，魂牵梦绕，山水相依

小练来到这个世界第九天的时候，第一次给她拍照片，照片里她那么柔软那么温顺地趴在床上，眼睛睁得大大的。我还记得拍照那会儿，她使劲想抬头看我，但是抬头对于她来说还是一个很艰难的任务，用了很大的力气，她终于看见我了，那么无辜的样子。

那种无辜和可爱会让我忍不住想，她怎么可能是我生出来的呢？她是上帝派来的啊。我也没有想到，那种从未有过的对生命深深的敬畏，竟然是在这个小家伙的身上生发出的。

小练是经过产道挤压来到这个世界的，刚出生的时候，头上被挤出一个大包，眼睑充血，她和我一起经历了一场巨大的考验，我无法想象在我阵痛的时候她如何克服她要克服的困难，只有一点是肯定的：二十多小时的努力，我们都是胜利者。

是从什么时候坚定信心一定要顺产呢？我本是个随性的人，一开始并没觉得顺产或剖宫产是个需要认真考虑的问题，可能是受好朋友哩噜的影响，她一直想顺产，早早地做起了准备，并且哩噜和另一个好朋友丸子都表示：我们三个人里面，最有条件顺产的是我。这可能给了我不小的心理暗示，因此在孕期会有意识地注意一些关于顺产的信息。

这样一来，我慢慢地觉得自己应该争取顺产了，也在网上看到不少妈妈写下的剖宫产日记，一大堆的问题，而且最重要的是剖宫不是不痛，而是痛在后面。总之，坚定顺产的第一步，是从恐惧剖宫开始的。

后来看了一部纪录片，名字叫《初试啼声》，给我很大的影响。最重要的一点是：片子里面展示的顺产过程是美的！这和我之前理解的顺产完全不一样，也和那些影视剧里生产的画面不一样，片子拍出了生产（主要是顺产）的神圣。

这么说来，坚定顺产的第二步，就是直面顺产，并且理解它的好。后来在医院检查的时候，我只给我的门诊医生提出了一个要求：尽量帮助我顺产。

我还记得那位医生姓石，石医生真好，她说，你如果条件允许，当然要顺产啊，现在全世界的医学科学都在进步，只有中国的产科在倒退，越来越多的女人主动选择剖宫，医生也在极力配合，这是很不好的。剖宫只能作为一种被动选择，也就是在产妇不具备顺产的情况下进行剖宫，可是你看，最保守的估计，一半以上的中国女人肚子上都有一道伤口。

这话从一位医生口里说出来，很让我感动。生孩子是女人与生俱来的能力，我相信我可以。

后来生产时历经二十多小时的"战斗"，我第一次成为母亲。我记得生完孩子昏睡了两分钟，睁开眼睛的时候，看见孩子的爸爸背对着我一只手握着孩子的小手，我贴近产床的那只眼睛，一滴泪落在床单上。

小练两岁八个月时，我们意外有了素素，一个和小练互为AB面的妹妹。

因为生小练时历经磨难，所以两年之后再次怀孕，我果断选择了剖宫。身边的人也没有谁敢走上前来说一句："顺产总是对你和孩子都更好的，要不先试试顺产，不行再剖？"毕竟身体是我自己的，我比谁都了解它。在心理上，前一次生产留下的阴影也只有自己知道如何消化。

素素的出生是在冬天，从进产房到出产房不到一小时，过程顺利得有点超出意料。和小练出生时亲戚朋友"众星捧月"相比，素素差不多是悄悄来到这个世界的，因此当时没有留下任何记录文字。现在偶尔想起，会有内疚。

不仅对孩子，对自己也有内疚。那时候我和秦先生都还没有完全离开体制，二胎政策也没有完全放开，为了不造成不好的影响，我怀孕之后就飞去香港建卡，其间的奔波劳累无须多言。怀孕期间又正逢品牌初建，每天的工作排得满满的，再加上有一些无法言说的变故和折腾，我自己心力交瘁。虽然现在想起已经轻松了很多，但当时真就是应了那句话：活得匆忙，来不及感受。

素素五岁时，小披萨出生了，他是上天无意中带给我们全家的礼物。

小练乖巧懂事，素素古灵精怪，披萨呢，目前看来憨憨的。

三个孩子啊，这辈子魂牵梦绕，山水相依。

## 那些为爱付出的代价，是永远难忘的啊
### ——我的生产日记

今天是小披萨来到世界的第十三天，我现在是三个孩子的妈妈了。在喂奶和换尿布的间隙里，写下这篇文字。

几天前在微博上写了一段话：生儿子是什么感觉？纯粹的高兴。生女儿除了高兴，还会有点难过有点心疼，爱里有悲哀的那种。八年前生小练在医院第三天猛然想到，身边熟睡的小东西是个女孩，长大多半也会经历妈妈一样的痛，眼泪就止不住流下来。

"爱里有悲哀"，女人的一生，要经历的疼和痛又岂止生产？这种感觉相信女人们都懂。

但是转念又想，仅仅是轻松和安逸的人生又有什么值得过的呢？在穿越疼痛的过程里逐渐获得心灵的深度，长出有力量的温

柔，这才是值得我们全力以赴的。

八年前生老大的时候，用了太多的意志，抱着必胜的决心，像个随时可以抛头颅洒热血的战士——事实上我胜利了，顺产"成功"。

在生下老大的第九天，我写下了顺产日记。写那篇文章的时候，我是怀着昂扬的姿态回忆那一场用尽心力的战役的，像个历经磨难最终凯旋的战士。那篇文字鼓舞了很多像我一样希望顺产的妈妈，但也有人被吓得不敢顺产了。

因为经历了二十多小时最终让老大经过产道来到世界，这和其他我人生里的几个事件一起成为留给自己的励志鸡血。每当遇到困难时，都会在大脑里回放那些艰难的场景，然后跟自己说：眼前这点算什么呢？

我那个时候还没有意识到，生孩子这件事和其他几件事情是多么不一样，生孩子是本能，一次完美的分娩是自然而然的发生，而过度地运用意志力，会带来持续的内心暴力，导致身心失衡。

八年前那个冬天，经历了二十小时的阵痛，我的孩子才来到世界，整个分娩的过程几乎用上了所有能用上的医疗干预。频繁肛检，在中途宫缩变弱的时候挂催产素，又因为催产素导致痛得受不了，吃安眠药，结果是睡不着又困又痛。然后打麻药，但麻药并没有缓解我的痛而是减少了宫缩，增长了产程。在医院待的时间太长，还不给吃东西，因为破水，又不让下床走动，就那么独自一人硬生生躺在床上生（那时候所有产妇都躺着生孩子）。到最后怎么也生不出来了，有一个助产士就爬上产床，跪在我头上方，把我的头夹在她两腿中间，两只手使劲挤压肚子。然后，侧切，医生用产钳把老大拖出来。

整个过程，尽管医护人员已经非常尽心，我仍然没有觉得自己是一个可以被关爱被尊重的人，更没有觉得自己是一个即将做母亲的女人。我只是一个生育机器，在现代医疗的关照下一步步到达预先定下的目标。这之后，我患上了产后抑郁，有半年时间每天在焦虑中入睡，在绝望中醒来。

怀上小披萨六个月的时候，我找出当年那篇顺产日记，自己都被吓了一跳。

我到这个时候才猛然意识到：为什么两年后怀老二时，我本能地选择了剖宫产，一点商量的余地都没有——我再也不要经历头胎那样惨烈的顺产过程。是的，我就是那个头胎顺产二胎主动要求剖宫产的妈妈。

那么第三胎呢？一开始宁愿在原来的伤口上再挨一刀，也不愿意像生老大那样经历一次不顺利的顺产。

随着肚子里的宝宝一天天长大，我开始把眼睛睁开，正视前两次生产，一些想法慢慢产生出来：也许，我可以再试试顺产？是那种包含着爱意和祝福的真正的自然而然的顺产。

我相信在正常情况下，女人生孩子是人生的高峰体验，我多么希望借由这次生产体味到生命的极致感受，治愈前两次"不完美生产"带来的阴影，更希望两个小姐姐来医院探望妈妈时，她们看到的妈妈是健康的、可以和她们逗笑的妈妈，而不是剖宫产后插着各种输液管、导尿管躺在床上动弹不得的病人。

所以慢慢坚定了顺产的信心。为了实现自然而温柔的分娩，我开始练习孕期瑜伽，主动接受生育教育，向身边二胎顺产的好朋友们学习经验，预约分娩陪伴……

临产前一周，我向医院递交了我的分娩计划，以期望得到他们的理解和支持：

**亲爱的安琪儿医院的医生和助产士们：**

　　**你们好！**

　　**很开心能得到你们的帮助、支持和照顾。能和对母婴平安、自然分娩有专业追求的你们合作我和孩子的第一次**

见面，让我觉得安全放心。我和我的家人愿意把信任交给你们。

这是我人生里第三次迎接新生命，也可能是我此生最后一次生产了，我希望我们能有一个完美的过程，希望这不是女人的工作、医生护士助产士的工作，而是一次专业支持的人生体验，迎接生命的仪式。所以对于在生产过程中需要采用的所有医疗手段，烦请详细告知，我会充分配合。

同时我也有一些和你们的自然分娩理念一致的愿望：

1.在你们的支持下让分娩自然地开始。如果有催产的必要，我希望先采用自然的方式进行。如果可能，我希望用自然的方式减痛。如果可能，选择水中分娩。

2.请支持我播放我想听的音乐。

3.请允许并帮助我在待产及生产过程中自由活动，变换体位，找到最适合、最舒适的姿势，我不想一直躺在产床上。

4.请尽量减少内检的次数，它曾经给我造成很大的伤害。

5.尽量不用医疗手段介入我的分娩，如人工拨宫颈、人工破膜等。如果宝宝的胎位需要调整，请先采用自然的方式调整。请在使用任何医疗手段前能与我沟通。

6.请尽量不要常规侧切,如果有医学指征,请让我知道。

……  ……

让我意外的是,这篇分娩计划得到了医院的积极回应。他们说,你写的每一条都是我们正在践行且希望努力做到的。他们还说,如果每位产妇都像你这样认真准备就好了,我们的沟通将会顺畅很多。

仅仅是八年的时间,同样一家医院,一切就变得这么不同,这是我没有想到的。我在进步,医院也在进步。

种种情况都表明,这第三次生产,什么都对了。我对生育有了更深入细致的了解,医院会给到我最大的配合,我的身体比以前更好,因为坚持锻炼和合理饮食,没有长胖太多,每次孕期检查都很顺利,虽然老二是剖的,留下了疤痕,但我有过一胎的顺产经历,通常第二次顺产会非常快,我身边有类似情况的好朋友都两三个小时结束生产……

4月17日晚上11点30分,宫缩开始了。

怀着喜悦迎接阵痛,在一波又一波的宫缩中,我找到了属于自己的节奏，掌握了与疼痛相处的方法。我的分娩陪伴给了我专业的支持，医院也为我提供了最好的生产环境，允许我下床走动，听想听的音乐、坐瑜伽球……

我也感受到我爱的人传递给我的力量，还有好朋友和家人们时时刻刻的鼓励和陪伴。

但是，在阵痛二十一个小时之后，所有的力气早已用完，肚子里的宝宝还是没有半点要出来的意思，产程一点进展都没有，这让我一度陷入沮丧。八年时间，好像只是一个轮回，一切回到原点。

宫口没开，胎位过高，如果人工破水加速宫缩会有很大风险。而各项身体状况表明，要么像生老大那样，挂催产素（二胎剖宫留下的疤痕也会增加使用催产素的风险），同时医生表示必要的时候还是可能会用上产钳。要么，剖宫产。

八年前催产素留下的阴影还在，没想到又要在此刻相遇了。

不，我不要再经历同样的折磨，不要侧切，更不要医生用钳子把我的孩子从产道里扯出来。

在决定要剖宫产的那一刻，眼泪止不住地流，但是内心更多的是释然，是彻底地放下。我不再追求"必胜"了，不再需要在医生、护士和亲人们高呼"英雄妈妈，勇敢顺产"的声音里像个战士一样往前冲了，而是平静地接纳眼前的一切。

半小时后，小披萨的哭声响彻深夜的医院。

主刀医生一边缝合一边跟手术台上的我说：你所有的决定都是对的。试产二十一小时，孩子经历了宫缩很好，你的子宫也会恢复得更好。你的子宫壁已经很薄了，如果顺产会有很大的风险，所以剖是最安全的。就连你术前要求做节育手术也是对的——你的子宫条件已经不能再要孩子了。

事情已经不能用成功不成功来定义，所有的经历都是最好的安排。

至于疗愈，就如好友给我的留言一样：带来疗愈的也许不是轻松完成，而是清醒地面对和顺势地抉择，以及在整个过程里，坦然收获所有的关心和爱。是放下，是接纳这一切不完美。

我亲爱的孩子们，那些为爱所付出的代价，是永远都难忘的啊！

# 第五章

## 碎日子，不记下来就忘了

> 所有微不足道却柔软的事物，都让我着迷。小孩的眼神，升腾的水汽，夕阳下微风里散步的云朵……

## 1

小素在我肚子里的时候,医生嘱咐我不能拿重物,于是不再抱小练。我跟小练讲妈妈肚子里有妹妹,抱不动她了。她就等着妈妈每天坐下的时候扑在怀里靠一会儿,嘴里说着"妈妈抱宝宝"。

有一天牵着她走在大街上,突然停下来要抱,我说:对不起啊妈妈抱不了你。她说:妈妈你蹲下来。我蹲下来,就在原地,她扑入我怀里闭上眼睛,足足两分钟,身边是滚滚人流。两分钟后她站起来说:好啦,抱好啦,走吧。

妹妹满月那天早晨,我走进姐姐房间跟她说:小练快起床,妈妈想抱你。我抱着她转了个圈,抱着她进妹妹房间,抱着她去厨房……她就一直靠在妈妈怀里咯咯地笑不停,足足两分钟。

## 2

六一儿童节亲密育儿的结果是今天两个孩子都要跟妈妈睡。

要命的是一个五岁高幼和一个三岁低幼各自喜欢的故事是不一样的,都要求妈妈先讲自己的。争吵半天姐姐让步了,很不开心地听妈妈讲那个她小时候听过两百多遍的"弱智"故事,故事的名字叫《大嗓门河马》。

为了照顾姐姐的情绪,妹妹努力做出"这个故事好好听"的样子:妈妈学河马的大嗓门,妹妹就吓得捂耳朵,妈妈讲小青蛙从高处掉在河马的嘴巴里,妹妹就学青蛙哎哟哎哟直叫唤,还故意在自认为精彩之处问十万个为什么(客观上提高了妈妈讲故事的难度)。

妹妹一边表演一边对姐姐说:姐姐姐姐,这个故事好好玩哦,嘿嘿嘿。姐姐噘嘴说:一点儿也不好玩。妹妹有点尴尬有点难过,眼看快哭了……妈妈,姐姐的故事好不好听?

于是妈妈讲姐姐的故事——《芭比童话之音符森林》。妹妹眨巴眨巴眼睛,小脸贴在妈妈胳膊上听故事,两分钟后就睡着了。

妈妈摸摸妹妹的脑袋问姐姐:"她是不是很可爱?"姐姐爬过去亲了一口妹妹说:"嗯,有时候很可爱,有时候很搞笑。"

妈妈问:"那现在是搞笑还是可爱呢?"

"又可爱又搞笑,嘿嘿嘿。"

姐姐也进入梦乡的时候,世界安静了。深夜,妈妈累了一天却不愿睡去,均匀的呼吸一左一右传进耳朵里,此起彼伏,又远,又近,又古老,又新鲜,又甜蜜。

## 3

早晨,某位小男生的妈妈拍了一张照片发到家长群里,小男生肉肉的胳膊上一圈红红的牙齿印,看小图就知道这是我家小素干的——那像没长成的石榴一样的印痕太熟悉,生气了会咬书、咬衣服、咬人,甚至咬桌子,这是她在家里经常干的坏事。

我放下手机找她,她正拿着我的一只口红在脸上乱抹,"妈妈,快看我的红脸蛋。"

"你昨天在幼儿园又咬人了对不对?"

"妈妈,好不好看?"

"不能咬人哦。"

"好不好看嘛,红脸蛋!"

那边姐姐在厕所里喊了:"妈妈,屈屈拉完了,快来帮我擦屁股!"

我一边处理满脸的口红,一边回答:"你自己擦啊。"

"不行,我要你擦!"——她在生气妈妈只管妹妹不管她。

姐姐的情绪当然也要照顾,冲进厕所给她擦屁股,耳朵里又传来妹妹的哭声,噢,口红在我手里,妹妹不开心了。

十分钟后,"红脸蛋"和"脏屁股"被蓬头垢面的妈妈拽着出门上学了。此时如果有特写,会看见一位笨重的妈妈满脸疲惫,又还在努力笑着的样子。

## 4

姐姐八岁,妹妹五岁半,小披萨出生了。

姐妹俩来医院看妈妈和披萨,蹭妈妈的月子餐。

妹妹给披萨唱歌,一开唱披萨就把两只手放在耳朵上了,小练姐姐唱的时候,他的小手竟然又放下了。姐姐美得嘎嘎嘎的,我也觉得很好笑,笑了,没恢复的肚子就被弄痛了,痛得眼泪都出来了,哇哇哇好痛啊!

妹妹就着急了:妈妈你别再痛了啊,我心都碎了,还裂开了一个缝。你要是好了,我的心就开出花了,还是粉色的。

姐姐问妹妹,你以后想生几个宝宝?妹妹说生一百个。姐姐说怎么可能嘛,一年只能生一个孩子,难道你能活一百岁?

一百岁都不够用,你现在五岁了,而且现在又不能马上生,还没结婚。

我问姐姐,那你打算生几个?姐姐说:我一个也不想生,但是我想住院,还是生一个吧!

## 5

家里三个孩子有两个先后都病倒了,甲流,先是呕吐,高烧接近四十度,接着是夜晚无休止的咳嗽。

已经几天没睡过好觉,晚饭的时候我对姐妹两个说:当妈一点儿都不好玩,我想当孩子。

姐姐说:你本来就当过孩子,不是还写了你小时候的故事吗?

妹妹说:你也喜欢孩子,你书里还写了我和姐姐好多事情。

我说:那你们想当妈妈吗?

姐姐说:想,我主要想生个孩子来陪你。

我说:我不需要孩子来陪,就算要人陪,为什么不是你来陪?

我要上班啊。姐姐说。

后来妹妹说了句什么,跟事实完全不符,我说,你咋睁着眼睛说瞎话呢?

她问:什么是睁着眼睛说瞎话?

就是撒谎。我说。

她有点不高兴,我凑过去在她脸上亲了一下,说:下次别这样了。

她说:你睁着眼睛亲了我一下,你知不知道这叫啥?

我说:不知道,你说说。

恋爱呗。

## 6

"妈妈,你再不陪我睡觉,你给我的爱就不够用了。"小素一边写作业一边嘟着嘴嘟囔。过去半月,出差上海,去日本,回来连着几天加班到深夜,真是陪她太少。

"后天我生日,妈妈你一大早就把我叫起来,带我出去玩一天,就我们两个人。好吗?"

"噢,后天我上午要去明月村做宁远(她总说妈妈不在家就是去做宁远),我带上你?"

"好吧。"她原本想去动物园的,那个"吧"字的声音拖得老长老长了。

过一会儿她又说:"还是叫上姐姐和披萨吧,这样姐姐和弟弟的生日也会叫我出去玩,这样就可以玩三次。"

写完作业她要画画,先画一个小人儿,再一个大人儿抱着,空白处是些弯弯曲曲的线条,要我帮忙写句话,就听她一个字一个字吐出来:"妈妈的爱呀像草原,我是小鹿跑不到边。"

## 7

披萨已经很困了,眼皮不停往下耷拉,又强撑着睁开,小手用力往外指,意思是要出去玩,不睡觉。

见我没反应,他自己爬到床边试图滚下去,我一把抱起他往里挪,他奋力反抗,口水顺着嘴角往外流。

我哭起来(当然是假的)。他马上停止反抗,茫然了一秒,嘴巴一撇,再一撇,两只手用力抱着我的脖子一起哭。

我慢慢止住哭声,搂他在怀里拍他屁股,嘴里说:乖乖,睡觉了哦。

他继续紧紧抱着我,哭一会儿,慢慢闭上眼睛,均匀的呼吸传来,几分钟后又抽搐一下,才算是彻底睡着了。

看着他熟睡的脸,我心里生出内疚。一个不爱哭的小男生,但只要看见妈妈哭,就会跟着哭,心柔软得一碰就化。我这一招假哭,有点恃爱行凶,不地道啊。

下回不用了。

## 8

周末夜晚固定节目,妈妈要躺在姐妹两个中间聊聊天。黑暗中姐姐问:"明明是馍里夹着肉,为啥要叫肉夹馍?"

咦,对哦,我回答不上来。

她又问:"明明是太阳晒我们,为什么要说晒太阳?"

"这个,省略了被字的被动语态吧。"我胡乱回答。

妹妹插不上嘴有点着急,她黑暗中坐起身:"妈妈,姐姐,我也有一个问题。为什么不能吃藕?"

姐姐说:"哎呀,这个好简单。"

"你不许说,妈妈说!"妹妹翻身过来捂住姐姐的嘴。

"可以吃藕啊。"我说。

"不能吃!"姐妹异口同声。

"那是为什么?"

"因为,吃藕会变丑。"

"怎么可能!"

"哈哈哈,真的,吃——藕——丑!"

妹妹已经笑成一团钻回被窝。我突然反应过来，妹妹一年级，正在学拼音。

## 9

妹妹生日这天，我带姐妹两个去明月樱园吃午饭，按照妹妹的要求点了炒土豆丝和回锅肉，等菜的时候她们说先去屋顶上玩一玩，这就出门去了。

菜上来了，我对着屋顶喊：吃饭啦，快下来吧。没人回应，跑出去看屋顶上没人，屋前屋后转一圈找不见人，回餐厅，俩小人儿捧着一堆枯草小心翼翼进屋来了。

"妈妈，快看，鸽子蛋。"妹妹说得很小声，就像枯草中央这只鸽子蛋正在睡觉，她怕打扰了。原来她们刚才去了鸽舍。

"妈妈，我们带回家孵小鸽子吧。"姐姐说。

这时英姐走了过来："运气好啊小素，不如我们把鸽子蛋煮了当生日礼物给你吃吧？"

妹妹一噘嘴快哭了。英姐说：冬天的鸽子蛋孵不出小鸽子的，它现在还没有生命呢。

又东说西说，我也帮忙解释了半天，妹妹终于接受了。英姐把蛋交给厨房里的阿姨，还嘱咐小心，煮别煮破了。

这下回锅肉和土豆丝也不吃了，妹妹守在厨房门口张望，一直等着煮熟的鸽子蛋递到她手里。

"小心点剥。"姐姐提醒妹妹。

"姐姐你来吧，我剥不好。"

姐姐接过鸽子蛋，在饭碗的边沿轻轻敲了两下，蛋没裂开。我说多用点力，她又敲了两下，还是不行。"妈妈你来吧。"

双手接过鸽子蛋，在桌上敲了两下，敲不破，捏在手里仔细端详，哎呀，塑料的！

一旁的英姐恍然：是个引蛋，我咋没想起来呢！

就是说，英姐为了鸽子们能把蛋下在指定的地方，不久前专门买了长得以假乱真的假蛋骗鸽子，不曾想鸽子们没上当，倒把所有人都骗了，包括英姐自己。

## 10

小素睡前说："妈妈，我长大到底应该做什么啊？"

"做你喜欢的事情就好啦。"

"我就是拿不定主意嘛。想当科学家，但是担心发明不出人们都能用的魔法。想当探险家，但是恐龙的骨头好难找啊。想当宇航员，但是不确定是不是总要待在太空里不回地球。想当总统,但是我都当总统了,还怎么跟我们班的Lusas结婚啊。"

"呃,还真是挺麻烦的呢。"

"其实我最想当的是公主,但你又不是女王,所以我长大了肯定不能当公主。"

"还真是呢。"

"啊,我想到一个办法啦,我长大了当女王,然后我把女王送给你,让你当女王,这样我就是公主了耶!"

## 11

下班回家,姐妹两个堵在门口,屁股对着大门跪在地上,面前是一个玻璃花钵,花钵内两只小拇指大的鱼游来游去。姐姐正在一张纸条上写:请勿触摸。写好了妹妹接过来用透明胶带粘在花钵上。贴好了,两个人端着花钵开始移动,大气不敢出,直到放稳在客厅条几上。

鱼是从楼下池塘里网回来的,姐姐说网了一小时。我凑过去看了看说:摸都不能摸,那你们咋给小鱼换水?

姐姐一听有道理,又找来一张纸条写了补上去:工作人员可触摸。

晚饭后路过花钵,看见两张纸条下又多了一张,这张写的是工作人员的姓名——她们两个人的名字。

这一个晚上,两位工作人员给小鱼换了三次水。

第二天早上,妹妹还在睡觉,我走进客厅看见姐姐坐在地上抽搐,见了我,喊一声"妈妈"就哭出声来。"我们怕小鱼夜里会冷,最后一次给它们换的是温水。"她一边哭一边说。

我把姐姐抱在怀里,都不忍心往条几那边看了。

## 12

傍晚,门铃响了,我开门,三个小男孩站在门口。为首那位个子最高的我见过,是这院子里和妹妹一般大的小邻居,都上一年级,不在一个学校。

小邻居双手捧在胸前,轻脚迈进屋,另两个男孩以同样的步调紧随其后。为首这位慢慢打开手掌,一只灰色小鸟露出半截身子。后面一位圆脑袋男孩开口了:"阿姨,听说你很专业,是不是?"

"我们在树下捡到这只鸟,它飞不起来了,需要找一个专业的人照顾它。"另一位补充。两位都把音量放得很低。

我是不是专业的呢?这个问题不太好回答。我也跟着小声说:"我家养了两只鸟,目前还活着……"

"我家就是专业的！"闻风而出的妹妹打断了我，她刚才在里屋。

"那就太好了，给你们。"为首的男孩笑眯了。

"走，跟我去阳台。"

四个小孩护送小鸟去了阳台，他们打开鸟笼，把小鸟放进去，围观了好久才离开。来到客厅："啊，你们家好高尚啊！"高个子男孩环顾了客厅四周说，这回声音很大，其他两位也一起附和。

第二天早上，妹妹打开鸟笼，小鸟咻溜一下飞走了。她呆了一下，见我在旁边，眨了眨眼说：我就说我们很专业嘛。

## 13

丹麦旅行途中，有一晚姐姐临睡前给妹妹讲了一个鬼故事。自那天起，妹妹再也不敢一个人在一张床上睡觉了，她说：我眼睛一闭就能看到鬼。原本我们母女三人住标间加床的，这下床也不用加了，妹妹天天和我挤。

回到家里，把分开了一年多的两张小床合拢，每天晚上我都得躺在姐妹俩中间，妹妹拉着我的手睡着了，我再爬起来做自己的事。她们九点半入睡，我哪里舍得这么早就睡了。持续好些天，每天晚上妹妹都说：妈妈，这是最后一次了，明天我就不要你陪。但还是每天要我陪。

有一晚临睡前，我走到妹妹床边说："我给你做一个晚安仪式，这个晚安仪式会发出神奇的能量，帮你赶走鬼。"说完我在原地转了两圈，两只手在空中挥舞了两下，抓住一个看不见的东西很小心捧过来放在妹妹胸口上，同时亲了一下她的额头。然后我说："好了，现在没有鬼了，睡吧。"

她果然就自己睡了。

## 14

中午在一田家吃饭，小披萨进门就去喂她家的仓鼠吃菜叶，我们在一旁听说了一件发生在仓鼠身上的本年度最残酷的事情。

一田爸爸给一田买了一对仓鼠，养了没多久生下七只小仓鼠。一田妈妈百度得知，公仓鼠会吃掉自己的小孩，所以赶紧隔离了公仓鼠。

没想到隔离错了，把母仓鼠和它的七个孩子分开，公仓鼠和小仓鼠共处一室。结果就是，七只小仓鼠全没了。"可能是没奶吃饿死的，也可能是活着就给爸爸吃了。"

听得我全身起鸡皮疙瘩。然而悲惨的还在后面。

这对仓鼠后来又生了一窝仔，这回没隔离错，但是小仓鼠长到二十多天的时候，一田妈妈又去百度，看到有人说，小仓鼠长大些了也不能和母仓鼠待在一起，母仓鼠会吃掉自己的孩子。一田妈妈准备当晚就隔离小仓鼠和母仓鼠，但是她下班回家发现，就在这一天，母仓鼠把自己的小孩全吃了。

我们今天去的时候，笼子里只有一只仓鼠，我壮起胆子问一田妈妈："本来是一对的嘛，另一只呢？"

"不久前全家出门几天，回来就只见这一只，那另一只也不知怎么死的，也不太清楚这一只是公的还是母的。"

## 15

晚饭后大姐姐建议玩交换秘密的游戏，她先说了一个秘密：她和班上一个男生亲嘴了。我"啊"了一声，她补充：不是专门亲的，是同学们推搡，他俩碰到一起，正好碰到了嘴巴。我松口气，但还是忍不住问她：碰到的时候是啥感觉？她说没感觉。

我说：很好，我们做一个约定，以后你有秘密的时候都跟我分享好吗？她答应了。

这时二姐姐凑了过来，说她也有秘密，先说第一个：上个星期在两河公园买的那只乌龟死了。

因为爸爸以前说过，要是乌龟都养不活就别再想养别的小动物，所以她把尸体扔垃圾桶里了（因此造成乌龟只是失踪了的假象）。

紧接着她又说了一个：桌上那瓶冬青，太好看，她很想吃，就摘了一颗红果子尝，没想到很苦。

姐姐这时又想起一个秘密，但她只跟我说，不要妹妹听，妹妹不干，非要听，姐姐就不讲了。所以，交换秘密的游戏以妹妹气哭十分钟作为结束。

而她们竟然都忘记了问我的秘密。

## 16

停电，找来家里大大小小的香氛蜡烛点上，冬天傍晚六点半的厨房，一点一点闪烁的光芒，房间慢慢微亮起来。

"好黑啊。"姐姐说。

"还好啦，妈妈像你妹妹这么大的时候天天都这样，我是从没有电的日子里过到今天的呢。"

妹妹问："没有电，那有手机吗？"

"没有没有，需要用电的一切都没有。那时候妈妈和外公外婆住在山村里，到了晚上我们就点蜡烛，就像现在这样。嗯，再早一些的时候，蜡烛都没有，点煤油灯，有的小朋友家里穷，连煤油灯都没有，从山上找来一种树枝，我们叫明油枝，点燃了就能照亮房间。"

"那后来呢？"姐姐用听故事时最常用的一句话追问。

"后来呀，就有电了嘛。不过一开始老是停电，就像今晚这样。上初中的时候我可喜欢停电了，因为这样就不用上晚自习了。"

妹妹听完一把拉我到旁边："妈妈，我告诉你个秘密，我今天逃课了。我不想上数学课，就假装走错了教室，去了隔壁班里躲起来。"

"哎呀，隔壁班的老师没发现多了一个同学？"

"没有，老师当时在电脑前忙碌，那个班的同学自己在玩，我在门后蹲了很久。后来我怕吓到他们，就悄悄回我们班的教室了。"

呃，这么说来，也没逃开多久。我松一小口气，说：面快煮好了，一起来准备烛光晚餐吧。

# 17

在送小练去学馆的车上，和她一起听《岁月》，听到一半，她说：妈妈，我觉得那英的声音很像你。我说：可是我更喜欢王菲呀。她说：嗯，那英的声音很明亮，王菲的是……是柔润。不一样，都喜欢。

我有点小吃惊，这个九岁小姑娘说"柔润"。

我问她："你想听她们二十年前的歌吗？""想。"

车里响起了《相约98》："来吧来吧，相约98，相约在温柔的春风里……"突然有些恍惚，抬起头叹一口气，二十年前我才十八岁。

"妈妈你怎么了？"

"没什么，还想听王菲的女儿窦靖童唱的歌吗？""想。"

搜到窦靖童的 *May rain*，三首歌轮番播放。

"都好听，不过我最喜欢的还是窦靖童。"

八点五十分，我们停好车往学馆走，春夏之交，她穿一条裙子露出小腿。走一会儿她低头看了看，抬头说："妈妈，我不开心，腿上的汗毛太多了。"

"我觉得很好看啊。"

她还是坚持说不好看，并说全班女生就她一个人汗毛最多，腿还粗。我说：总没有外国人多嘛。她说：但我是中国人。

走到校门口的时候她突然停了下来，解下捆头发的橡皮筋，摆摆头，又黑又多的头发披在肩上。

"这下好了,他们都会看我的头发,就没人注意腿上的汗毛了。"

她背挺得直直的,姜黄色衬衣扎在黑色百褶裙里,说声再见头也不回走进校园了。

我赶紧掏出手机对着她的方向,在这温柔的春风里,记下这个平常而珍贵的早晨。

第六章

# 养育问答

我们先把自己做好,然后再去爱孩子吧。孩子也希望看到一个独立的妈妈,而不是看到妈妈为了自己放弃一切。

**Q1** 您的大女儿饱读诗书，能背诵《大学》《中庸》《论语》《孟子》等文化典籍，请问您平时是如何引导孩子阅读的？

**A1** "饱读诗书"这件事完全是孩子自己和她爸爸的功劳。大女儿每周日会在一位朋友开办的读经典学堂学习半天，其他时候都是在爸爸的引导下读一些文化典籍。爸爸自己每天早晨六点起床读书，一个小时后再督促大女儿起床读，后来妹妹也加入了读书的队伍。

语文不像数学，不必懂了才教。智慧的文字先储藏，再经过长时间的酝酿，最后就能运用。儿童正处于记忆的黄金时期，他们的天性是记忆而非理解，是吸收而非表达，童年是学习经典的最佳时期。

大女儿小练今年十岁，已经全文背诵《大学》《中庸》《论语》《孟子》，还有《唐诗三百首》，还录像了，背《孟子》的时候坐在那里一刻不停歇地背了三小时。妹妹也全文背诵了《大学》《中庸》以及《唐诗三百首》。

姐妹除了学钢琴（姐姐）、乐高（妹妹）和读经典，没再上别的兴趣班。对于读经典，一开始我是无知的，只因为身边有包括孩子爸爸在内几位身体力行的人，把带领孩子读经典当作毕生热爱。因为对他们这些人的相信，才放心把孩子交给他们。

至今我也是无知的，只是两个小姑娘身上起的变化让我觉得这是一条值得坚持的路。有经典浸润的她们：

1.拥有很强的专注力，玩的时候很投入地玩，学习的时候也很投入地学习。

2.爱上了阅读这件重要的事，十岁姐姐现在读《西游记》原著，说比背《孟子》简单多了，好玩多了。六岁妹妹是班里的"文化人"，所有故事书都不需要大人带读，还可以读给班上同学听。给她一本书，她可以一个人在角落里待上两小时，和姐姐一样，已经读完妈妈写的那本《远远的村庄》，能讲出每一个细节（姐姐已经读完妈妈写的五本书）。

3.相对经典学习，学校课程对她们来说实在轻松，我从没有因为辅导家庭作业焦虑过（包括英语、数学在内）。

以上三点是一个对读经典所知甚少的人最直观的看见，学堂先生们说，这三点实在太简单了，还有更多积累会运用在她们长长的人生路上。

孩子们除去经典以外的阅读，基本上不用刻意引导，我能做的也就是自己在读。家里客厅没有电视，其中一面墙是顶天立地的大书架，从下往上数，前三格是三个孩子的书，上面的才是我和孩子爸爸的。书柜前是一张长条书桌，很多时候全家人都在这里消磨时间。大人读书，孩子也读。他们要玩儿，我们也不干涉。但是大人对读书的热爱还是无形中对孩子有影响吧。

所以如果要问"如何引导"，那我只有一个办法：做给孩子看。

**Q2** <u>自然教育如今是一种时尚，您经常带着孩子去乡下，让孩子亲身去体验大自然，在平时的生活中，您是如何对孩子进行自然教育的？</u>

**A2** 我觉得孩子跟自然有天然的连接，他们会对花呀草呀小动物呀有天然的亲近和好奇，我会有意识地保护他们的好奇心。城里的家有一个阳台小菜园和一个小花园，这两个地方是我和孩子们的天地，我们一起劳动是很美妙的。虽然有的时候小朋友在，大人干活儿会很麻烦。比如昨天，我三次试图浇水，分别被三个孩子抢走了喷头。因为那个浇水用具是新买的，比较好玩。但除了大姐能把水浇好，两个小家伙都是在胡乱喷水玩，弟弟甚至把水枪对准我喷。当时我会有点烦躁，事后想想也还是挺有趣的。

姐妹俩从小对种子好奇，经常想在我们家里种上樱桃、西瓜、菠萝、杧果……有些是可以的,有些因为气候等原因不可能长出来,但我会说,你们可以试试。

妹妹最爱的一份生日礼物是我送她的含羞草,手一摸就倒下那种。但是她天天摸,随时想摸,结果含羞草死掉了,她就很难过。我告诉她,你爱一样东西,应该用它喜欢的方式去爱。

如何对孩子进行自然教育?所以我还是只能回答:你自己要真的也喜欢自然并享受其中。

Q3 **您在"做一个过得去的妈妈"的分享时说,不太赞成看太多育儿书,书本的道理、知识都是死的,但养孩子是活的,您是如何活用书本里的育儿知识的,如何把书里的硬道理变成自己的呢?**

A3 因为这些书读得不多,所以我也不太知道书里有哪些硬道理。更多时候,我还是在用直觉去面对孩子吧。生活里,我也不是一个喜欢讲道理的人,包括近来的写作,也尽力少讲道理,多摆事实。育儿首先是育己,我把我自己塑造好,成为一个在孩子面前强大又温和的人,给孩子稳定感、幸福感,我觉得这个比我懂得很多道理更重要。

若真有育儿的道理，那我觉得这些道理也是藏在无数经典的文本里的，比如前面提到的古文经典。我觉得在这些人类文化宝库里，道理早就讲尽了。要想懂"理"，我们去读古今中外的经典就好了。

**Q4** 三个孩子的性格、脾气各有不同，您是如何看待这种不同，在日常生活中又是如何融合他们之间的关系的？如果孩子之间发生矛盾，您是如何化解和处理的？

**A4** 三个孩子那么不一样，这是每次想到就觉得很不可思议的事。我也是因为看见这种不同，从而对生命更多了敬畏。每个孩子好像都是上天派来的，只是经由我的身体来到世间。纪伯伦那首诗写得好：你的孩子不是你的孩子，他们是生命对于自身的渴望而诞生的孩子。

三个孩子几乎每天都在发生矛盾，尤其是两个姐姐，年龄只相差两岁多，摩擦在所难免。这对他们来说不是坏事，生命正是因为和外部世界的碰撞才慢慢成长的。老实说，我不是一个擅长化解矛盾的人，而且因为我是他们的妈妈，他们常常需要我扮演

"法官"的角色,来判定谁对谁错。但我不喜欢当法官,而且很多鸡毛蒜皮的小事,哪有那么多对错。通常,他们发生矛盾,或者在我觉察到即将发生矛盾的时候,我会悄悄溜走。

事实证明,没有大人在的时候,他们的矛盾没有那么多。即使有,他们自己也能够处理好。反倒是有大人在,每一个孩子都想争宠、撒娇,努力证明自己的正确,矛盾就会被放大和激化。

不要小看孩子,他们自己的世界也是一个巨大的宇宙,有他们自己的规则,让他们在碰撞中形成相处的模式,我觉得家长不要过多参与。

当然,也要注意对那种原则性的对错及时关注,虽然大多数时候到不了这一步,但总还是有大是大非的时候。这个时候,父母必须要成为一个强有力的存在,给孩子以支撑。

## Q5 孩子发脾气怎么办,您是如何对待孩子的坏脾气的?平时又是如何调整孩子的情绪的?

## A5

孩子发脾气的时候,首先不要被孩子的坏情绪带走,也不要总想帮孩子马上从坏情绪里走出来,而是给孩子一个情绪稳定期，等待他。同时，我会让孩子感觉到，对于他现在的处境，我感同身受，也就是接纳他的情绪吧。

其实孩子和大人一样，都知道坏情绪是不好的，人在坏情绪中最容易做出不好的事情。但当下那一刻，要很清楚地认识到这一点又是很难的。

有一本书叫《杰米的冷静太空》，是说有个叫杰米的小男孩，他为自己建立了一座"冷静太空"，学会了控制自己发脾气的方法。推荐妈妈们和孩子一起读。

**Q6** 您重视开发孩子的天性吗？如何开发，如何培养孩子的业余爱好？

**A6** 孩子的天性不太需要开发，应该说"保护"更好吧。我在这方面没有太多企图。孩子长这么大了，我也并没有发现他们三个身上有哪些异于常人的特质。他们当然比我优秀，但也没有优秀到多么了不起的地步。我甚至觉得，这个世界绝大多数看起来了不起的人，其实都和你我一样普通。

孩子如果有喜欢的业余爱好，我会支持他们去学习，但也会告诉他们学习任何东西,"学习"这件事本身不是仅凭爱好就可以支撑的。学习的过程可能很枯燥,需要很大的毅力和坚持,最后才能抵达这个爱好带给你的快乐。

## Q7 都说您是生活美学家,那您重视孩子的美育吗?您在日常生活中是如何对孩子进行美育的?

## A7

嗯,我非常重视让孩子感知"美"的存在,甚至在给孩子们选学校的时候,第一条件就是这所学校的校园环境美不美。我觉得这是中国目前的教育里特别缺乏的一点。我相信一个懂得美、欣赏美、能够发现美的孩子,其他方面一定坏不到哪里去。我们常常说真善美,把美排在后面,但是,美的,一定也是真的和善的。

对孩子的美育,并不是要给他们讲多少美育课,而是尽力营造一个美的环境。比如家里的布置,爸爸妈妈的衣着,吃饭选用的餐具,全家一起看的电影……美这个东西很难单独抽出来看,生活中点点滴滴对美的践行,包括一个人走路的姿态,说谢谢时专注的表情,这些都包含着美。

还是那句话:做给孩子看吧。

**Q8** 真想知道家里有三个宝宝的人，是如何平衡对三个孩子的爱的？他们会争着抢着和妈妈在一起吗？他们会对妈妈的爱吃醋吗？

**A8** 不久前姐姐问过我：妈妈，我们三个孩子，你最爱谁？但她这么问的时候，是在平常聊天闲谈中，很随意地说起，并不是非常"严重"地问。我的回答也是很轻松的方式：哦，这个问题，我还没仔细想过呢，你觉得呢？她说：我觉得应该都差不多吧，只是弟弟年龄小，你关心他就要比关心我和妹妹多一点儿。

妹妹对这个问题就比较"严重"，她有时候会觉得弟弟的到来抢走了妈妈对她的爱。我跟她郑重地谈过，我说：妈妈对每个孩子的爱是一样的，多一个弟弟，并不是要分走妈妈的爱，而是，因为有了弟弟，妈妈的心里会长出一种新的对弟弟的爱。每一个孩子，都会拥有妈妈给予的对这个孩子的全部的爱。

我这么说的时候，她是能听懂的。

而且，我也认真地问过自己，真的是给每个孩子相同程度的爱吗？答案是完全肯定的。所以，我也就不焦虑在日常生活中对三个孩子的具体的爱的平衡了，就自然而然地面对他们，自然而然地去爱。有时候看起来对某个孩子倾注了更多的时间，但那是因为这个孩子这个时期确实需要更多的关心。

不要小看孩子，如果你真的平等地爱他们，他们一定能感觉到。偶尔的争风吃醋只是生活中的小插曲，给生活增添调料而已，没有那么严重。

**Q9 当爸爸妈妈对孩子的养育方法出现分歧时怎么办？**

A9　分歧在所难免，每个人都带着自己的经验和人生在面对孩子。但我们的做法是在孩子面前尽力保持一致。如果当下某一点有分歧，两个人尽力做到互相妥协，事后沟通，形成统一看法。

我们也偶尔会有在孩子面前冲突的时候，但不是那种严重的、原则的冲突，也就没什么了。比如孩子爸爸会严格控制孩子们吃零食，但我呢，自己就喜欢吃零食，这一点孩子们也知道，所以他们在我面前就会比较放肆，在爸爸面前就会有所收敛。这些都不是多大的事，只好拜托孩子爸多多担待啦。

说到这里，要特别感谢孩子爸爸，他为孩子们付出很多，也对我包容很多。

**Q10** 请分享一下作为妈妈最开心和最难受的时候。

**A10** 我自己在没有成为妈妈之前,觉得一个上了三十岁的女人,年龄就很大了。当我有了孩子以后,我再也不会恐惧年龄。很多人说,孩子让女人失去自我,但我却觉得,孩子让我找到了自我,当我用孩子的眼光看世界,当我以一个母亲的眼光看世界,一切都不一样了。

要说难过的事情,孩子本身并没有给我带来很难过的事情。只是说有孩子以后,更容易看到一些不公平或"黑暗"的事情,对那些东西会更敏感。原来没有孩子之前,觉得外部世界和我没有多大的关系,但做妈妈后,你总希望社会变得更好,希望孩子们长大后能生活在一个更好的世界。那怎么办?就自己也努力让世界变得更好吧。

**Q11** 如何平衡好做自己和养育孩子之间的关系?

**A11** 这个问题很少有人问一个爸爸,好像养孩子天生就是女人的事,男人们只需要做自己。这个问题也让我想到,在我的父辈们养育我的那个年代，条件那么艰苦，但大多数人都还是要孩子。那时候养育这个事情好像没有现在普遍的焦虑。为什么现在的人条件更好了，反而变得更焦虑？

这种集体性的焦虑是很可怕的，一个有定力的人应该从这种焦虑中抽离出来。我常说，我们要做什么样的妈妈呢？做六十分的妈妈吧，做一个过得去的妈妈就好了。当然我们要掌握基本的养育知识，有生理心理上的准备，但面对一个具体的孩子，我们反而要放轻松，不要把所有精力都放在孩子身上，有一天孩子会长大，你还是得回来做自己啊。

我们先把自己做好，然后再去爱孩子吧。孩子也希望看到一个独立的妈妈，而不是看到妈妈为了自己放弃一切。拜托，那种相互捆绑的人生我们再也不要继续下去了。从我们这一代开始吧，我们让孩子过自己的人生，我们也要过自己的人生。

"做一个过得去的妈妈就好。"我总是这样劝慰那些希望成为完美妈妈的女性朋友。要心安理得地接受"我是一个不完美的妈妈"的事实。除此之外,还要心安理得地休息,安排独处的时间,热爱这个"热爱自己"的自己。

妈妈有属于自己的时间,在静默和沉思里获得滋养,也才能给孩子给世界以从容的微笑。我们养育孩子,也培养自己。

## 跋
## ——最为珍贵是平常
## 为另一个生命负起责任，有了盔甲也有了软肋

2020年1月28日，新冠肺炎正在全国蔓延，新闻里通报新增确诊患者1459例。

全家人足不出户第五天，冰箱里早就囤了足够吃很长时间的蔬菜，下午准备晚餐发现米快没了，出门买米。

在家门口的马路上没碰到一个人，车也少，拐弯往沃尔玛走，十字路口有两三人行色匆匆。一位阿姨没戴口罩，边走边打电话：哎呀，买啥子嘛买，都是口罩厂家为了赚钱。后面还说了什么没听清楚，走远了。我心想，电话那头应该是焦急无奈的年轻儿女吧。迎面走来一位七十来岁的大爷，倒是戴着口罩，突然停下脚步，咳了几声，摘下口罩往地上吐口痰，又戴上继续走起来。

沃尔玛里店员和顾客的人数差不多，大多数戴了口罩，没人说话，寂静得怪异。记得上次来这里是大年二十九，人声鼎沸，超市广播一直响着拜年音乐，也就几天时间，似乎是很遥远的事情了。超市内物资丰富，在一大排摆满各种大米的货架上，我挑了一袋泰国香米，又想起该给孩子们炖银耳汤，买了一袋银耳，顺便看看蔬菜专区，该有的都有。

回家路上听见有人在马路对面叫我，转头看是小练同学的爸爸，正带着孩子牵着狗往公园方向走。我们戴着口罩隔着马路大声聊了会儿天，他说取消了全家人泰国度假的行程，我说我们原计划的回老家过年也取消了。临别时互道珍重。

转身的时候突然想，作为历史洪流中微小的个体，这次疫情是这辈子经历的大事件啊！

在即将满四十岁的年龄里，很多感受和以往不同了。灾难如此直接和突然，我们原以为那种固若金汤，甚至有点乏味无聊的生活，顷刻间就可能烟消云散。另一方面，此前不会进入自我世界的一些词，比如"人类命运共同体"，现在确切地展示了它的真实和意义。如一位朋友所言："我们都在这条船上，且这条船的名字不叫诺亚方

舟。"疾病面前，人类软弱和脆弱的一面暴露无遗。

当年非典，现在只回想起来一个场景：盛夏的中午，坐在电子科大附近的公交车上，车里只有我一个乘客。那时大学毕业没多久，觉得非典距离自己无比遥远，不在乎传染不传染，也不怕死。

2008年汶川地震时，我是一名新闻节目主持人，在余震中连续工作，出了直播间就进灾区，什么都不怕，就是连续一周不敢洗澡，心里想的是：要是洗澡遇到大的余震，光着身子死去难看了点。不怕死，只怕死得不好看。

十多年后的今天，竟然如此珍惜活着，这当然是因为做了妈妈。

当一个人为另一个生命负起责任的时候，怕死，不敢死。有了盔甲也有了软肋，就是那句话：心有猛虎，细嗅蔷薇。

回家，给孩子们做了他们最爱吃的"黑三剁"，一道前年在云南吃过就念念不忘的菜。透过窗户看到邻居家两株红梅开得正艳，小区里几棵玉兰也鼓起了花苞。大自然一直在按它自己的节奏往前走，冬去春会来，花谢还会开。非常时期，最为珍贵的是"平常"，微小的个体能做的也就是努力过平常生活吧。

人逢大事，要有静气。

因此，就在这个晚上，在孩子们陆续进入梦乡之后，我打开台灯开始了这本书的整理和写作。

宁远

于2020年1月28日晚

图书在版编目（CIP）数据

爱与平常：一位妈妈的育己书 / 宁远著. -- 北京：北京时代华文书局，2020.8
ISBN 978-7-5699-3771-8

Ⅰ. ①爱… Ⅱ. ①宁… Ⅲ. ①随笔-作品集-中国-当代 Ⅳ. ① I267.1

中国版本图书馆CIP数据核字（2020）第108962号

## 爱与平常：一位妈妈的育己书
AI YU PINGCHANG : YIWEI MAMA DE YUJI SHU

| 著　　者 | 宁　远 |
|---|---|
| 出 版 人 | 陈　涛 |
| 图书策划 | 陈丽杰 |
| 责任编辑 | 陈丽杰　冯雪雪 |
| 责任校对 | 陈冬梅 |
| 封面设计 | 程　慧 |
| 版式设计 | 王艾迪 |
| 责任印制 | 訾　敬　范玉洁 |

| 出版发行 | 北京时代华文书局 http://www.bjsdsj.com.cn |
|---|---|
|  | 北京市东城区安定门外大街138号皇城国际大厦A座8楼 |
|  | 邮编：100011　电话：010-64267955　64267677 |
| 印　　刷 | 北京盛通印刷股份有限公司　010-52249888 |
|  | （如发现印装质量问题，请与印刷厂联系调换） |
| 开　　本 | 880mm×1230mm　1/32　印　张｜6　字　数｜100千字 |
| 版　　次 | 2020年9月第1版　印　次｜2020年9月第1次印刷 |
| 书　　号 | ISBN 978-7-5699-3771-8 |
| 定　　价 | 52.00元 |

版权所有，侵权必究

爱与平常：一位妈妈的育己书